森 博嗣

悲観する力

GS
幻冬舎新書
538

まえがき

人類はどうやって生き延びたのか

人類が地球上で支配的な立場に成り上がったのは、つい最近のことのようだ。少なくとも今では、ほかの動物よりは自由に行動ができる。動物園に行けばそれがわかるし、街を散歩すれば、出会うペットたちがリードにつながれているのを見て、たぶんわかるだろう。人間の子供は、リードにつながれていないのだから。

どうして、人間はこんなに繁栄できたのだろうか。この問に、誰もがすぐにこう答えるはずである。「頭が良かったからだ」と。

この「頭が良い」とはどういう意味なのか。頭の機能は、考えることであり、つまり考える能力が高い、という意味になるが、いったい何を考えたから、人類繁栄の結果が訪れたのだろうか？

誰でも、ああでもない、こうでもないと、いろいろ考えるはずである。だが、考えていることは外部からは観察できないから、他者が何をどのように考えているのかはわからない。現代の科学技術を駆使しても、まったく知る方法はない。

ただ、人は考えたことをなんらかの行動に移すことが多いため、その行動をよく観察していれば、部分的にだけれど考えた内容が推測できる。そんなふうに、他人の考えを想像するのも、頭が考えているからできることだ。

もう少しダイレクトな方法もある。言葉で考えを伝える行為がそれだ。言葉を発することも行動の一つである。人間どうしであれば、お互いが考えたことを披瀝し合い、いずれの考えが優れているか、といった議論もできる。では、優れている考えとは何だろう？

簡単に言えば、なんらかの予測をして、その予測どおりの現実が見つかったときに、予測が、すなわち考えたことが、優れたものと判断される。あるときは、「正しい」という表現も用いられる。

そういった優れた予測を行うことが、人類を生き延びさせた。空も飛べず、速く走ることもできず、鋭い牙もなく、力も弱い人間が、自然の中で生き、ここまで繁栄することができたのは、「優れた予測」のおかげである。

人類の予測能力の特徴

動物の中には、ある程度の近未来を予測するものがいるだろう。ペットを飼っているとわかるが、「こうすれば、ああなる」という予測と結果を結びつける学習能力は、人間以外の動物でも持っている。ただ、人間とそれらの動物との違いはずいぶん大きい。人は、複雑な因果関係を考えることができるからだ。

複雑な因果関係であっても、各パートを単純化すれば、「こうすれば、ああなる」という一対一の関係である。しかし、人間はもう少し頭が良い。「こうしても、ああならない場合もある」と因果関係を否定できる能力がある。この一段階発達した思考によって、予測される未来の可能性は枝分かれする。より複雑で緻密（ちみつ）な予測能力を得たといえる。

動物たちは、「ここで待っていれば、食べものにありつける」という期待をする。そういう体験を過去にしたため、また同じことがあると想像するのだ。逆に、「これをすると恐い目に遭う」ということも体験から学習するはずである。

過去の経験から、未来を予測することは動物の知性の主な機能だ。しかし、人間に及ばないのは、期待をしたり、恐れたりすることはあるものの、いずれも「こうすれば、ああなる」という一対一の関係とし、過去の経験から未来への対応を単純に結びつけるにとどまっている点だ。

人間が優れている部分は、以前に獲物が獲れた経験があっても、今回も同じように獲れるだろうか、もしかして獲れないのではないか、という心配をする思考にある。また、恐い目に遭っても、もしかして、そうではない場合もあるのではないか、条件を変えれば、違う結果が得られるかもしれない、という期待をすることもできる。この複雑性が、人間のアドバンテージだったのだ。

楽観と悲観

条件と結果を結びつけることは容易であるが、必ずしもいつもそうなるわけではない、という見方をすることは、より高等な思考力といえる。人間でも難しいかもしれない。できない人もいるのではないか。

たとえば、ギャンブルをしているときに、当たりが続けば、「ツキ」があるものと信じて、大きな勝負に出たくなる。逆に、外れが続けば、「ツキがない」という判断になり、なにをしても上手くいかない、と思い込む。これらは、なんの根拠もない。根拠がないと頭ではわかっていても、「運」のようなものを信じてしまいがちだが、それは、動物の本能的な感覚が残っているせいではないか。

一般に、良い結果を過剰に期待することを楽観といい、悪い結果を心配しすぎることを悲観という。この両者のどちらが良い状態か、といえば、多くの人が「楽観だろう」と答えるにちがいない。

「くよくよするな」「悪いことを考えるとろくなことはない」「勝利を信じて進め」というような言葉は、人を奮起させる。そもそも「応援」というものが、ほとんどこれである。「負けるかもしれない」と考えてはいけない、というのがスポーツの鉄則のようでもある。なんの根拠もないように見えるのだが……。

これらは、「精神論」とも呼ばれるもので、気の持ちようが大事であり、マインドコントロールを自分にかけて、集中してことに当たれ、という手法である。明らかに楽観的な方向へのコントロールといえる。

けれども、この逆に、あらゆるトラブルを想定し、悪い事態にならないよう考えうるかぎりの手を打つ、という姿勢が、成功には不可欠である。

自動車を運転するときには、シートベルトを締めることが義務づけられている。自動車が衝突した場合には、エアバッグが作動するように装備されている。実際に、シートベルトやエアバッグのお世話になる人はそれほど多くはないはず。滅多にないことだし、また、あってはならない事態だが、それでも、万が一のケースを想定して、これらの安全装置を備え、多少の不自由や余分の出費を我慢することになっている。これらは、「悲観」によって生まれたものといえるだろう。

思いどおりにいかないことを想定する

自分にとって都合が良い結果か悪い結果か、という観点で、無意識に予測に「重み」

をつけてしまうのが、人間の習性である。楽観的な人は、ついつい良い方の予測を重視するし、悲観的な人は、悪い結果に囚われがちになるだろう。

そういった自分にとって良いか悪いかだけではなく、一般的に「こうすれば、ああなる」という一種の法則的なものもあるはずだ。多くは、経験から導かれたもので、「教訓」であったり、「常識」であったり、あるいは社会的な「マナー」であったりする。これらに対しては、本当にそのとおりの結果になるのだろうか、と考えることさえ放棄して、大勢が信じ込んでいるように見受けられる。

僕が考える「楽観」とは、実はそういった「考えない」予測をしてしまうことである。考えないから、いわば無意識ともいえる。動物よりも人間が優れていると思われる点は、「こうしても、ああなるとはかぎらない」という発想であり、これは予測に対する「悲観」といえるだろう。結果の良い悪いではなく、予測や予定どおりにいかないことを考える、という意味になる。

本書で書きたいことは、この「思いどおりにいかないこと」に対する考察の重要さである。

チェーンは一つのリンクで切れる

「こうすれば、ああなる」を妄信する人は、それらの関係を直列につなげて、いくつもの条件をパスするさきの未来を夢見る。これをすれば、ああなって、すると、自ずとこうなる、という具合に進むべき道は一本道だ。だから、とてもイメージしやすい。しかし、これは一本のチェーンのような構造で、複数あるリンクの一つでも切れた場合、すなわち、どこかで思いがけないトラブルが起きて期待どおりにいかなくなった場合に、チェーンは切れてしまい、その構造全体が役に立たなくなる。リンクを多く（長く）つなげるほど、どこかが切れて壊れる可能性は高くなるので、未来になるほど実現性は低くなる。九割の高い可能性であっても、十回重なると、確率は三割近くに落ち込む計算になる。

さらに、万が一そういった想定外のことが発生したときに、どうすれば良いのかも考えていない場合が多い。確率の高いリンクをつないだのだから大丈夫だ、と「楽観」しているから、切れることを想定していない。これが「楽観」の必然的な末路といえる。もちろん、万が一成功することもあるから、必然的は言いすぎかもしれないが、かなり高い確率で失敗するやり方であることは確かだ。

チェーンは、最も弱いリンクで切れる。最も弱い部分の強度が、全体の強度となる。これは「ウィーケスト・リンク」と呼ばれる法則である。沢山のパーツで組み上げた製品は、それらの平均ではなく、その中で最も性能の悪いパーツで、全体の品質が決まってしまう。

悲観による安全確保

一方、「悲観」による予測では、このような一本のチェーンにはならない。「もしものリンクが切れたときには？」と想定することで、未来の予測は枝分かれし、幾つもの道筋を考えておく設計になる。チェーンでいえば並列につなげることに等しく、弱いリンクが切れても、別のリンクで補う。このような構造は、トラブルの対処まで想定したデザインになる。目的に辿り着ける確率は、格段に高くなるだろう。ただし、構造が複雑になるから、準備が大変であり、コストも労力も余分にかかる。あまりに心配しすぎると、大多数のリンクは使う機会もなく無駄になる。そんな複雑で面倒なことをしていたら、競争に負けることになりかねない。そういった予測まで悲観的にするのが、こちらのやり方である。

「楽観」と「悲観」のどちらが良いのか、いずれが正しいのか、ということではない。ケースバイケースであるし、また、いずれかに偏る(かたよ)のも極端といえる。バランスを取り、コストパフォーマンスとして最適な道筋を割り出す必要があるだろう。それを可能にするのが、確率論であり、数字によって処理をすることが、おそらく現在考えられる最善の策である。

ただし、確率論は過去のデータに基づいている。未来の予測に関しては、あくまでも参考データといえる。過去と未来では、あらゆる条件が変化しているからだ。では、そのギャップを何で補えば良いのだろう。その答は、本書に書かれているが、「悲観による安全係数」という処理だ。簡単にいうと、「余裕を持たせること」である。けっして「己を信じて」といった精神論ではない。もっと地道で、しかも誰にでも可能な方法であり、現在既に多くの分野で採用されている手法である。

幸運信仰の楽観

一般に、最も簡単な解決策を知っているのに、それを実行しない人が多い。何故なら、その方法は面倒くさくて回り道に見えてしまうからだ。この面倒くさくて回り道に見えさせるものの正体こそ、実は最大の障害である。それは、人の心の中にある「幸運信仰」のような淡い期待だ。いつの間にか、その信者になっている人が、とても大勢いることが、社会をざっと見渡しただけでわかる。

何故、自分は成功しないのか、と悩んでいる人、成功し、なにごとも上手くいっている他人が羨ましくて、自分もそうなりたいと願っている人は、まずはこの「幸運信仰」から離れるべきだろう。

幸運信仰とは、「ツキ」を待つことである。いつか自分にも幸運が舞い込むと信じることだ。神様は、人々に対して公平に「運」を順番に回している、という「楽観」である。

その待っている間に、無駄に時間が消費され、場合によっては金も人間も消費される。幸運のコストが馬鹿にならないほど高いことを知った方が健全だ、と思われる。

楽観が広がる現代社会

本書に書かれている内容は、かつては常識的なことであり、誰もが知っている当たり前の考え方、人間の生き方だったのではないか、と僕は考えている。特に、社会が総じて貧しく、いつまで生きられるか、と怯える（おび）ような時代にはそうだったはずだ。

ところが、近年になって、日本の社会は平和で豊かになった。たとえば、「子供は褒めて育てよう」という気運が広がり、また、子供の面倒を見る周囲の大人が相対的に大勢になったためか、手取り足取り子供を大事に扱うようになっている。大人が「子供応援団」になったかのようだ。「子供の才能を潰（つぶ）してはいけない」と叫ばれ、自由にさせる、好きなことをやらせる。かつては、「馬鹿なことしてないで、真面目に勉強しなさい」と叱られたような対象、スポーツ、アートなどの分野に対しても、「好きなものをやりとげなさい」と後押しする。子供の周りには、自分のやることを全肯定してくれるファンが集まっている。このような環境で育てば、「楽観」がその人の基本になるのも頷（うなず）ける。

もちろん、それで才能を伸ばし、成功する人はいる。素晴らしいことだ。社会が豊かになったから、こういった子育てができるし、いつまでも挑戦し続ける人生を支えることもできるだろう。ただ、大部分の人は、どこかで挫折をするはずだ。社会では、叱られることもある。酷(ひど)いときは精神的なダメージを受ける。残念ながら、楽観ばかりでは生きていけないことは自明だろう。

褒められ、応援されて育った現代の若者の多くは、「悲観」という考え方を頭から否定する価値観を持っているようだ。悲観的に考えてはいけない、と信じきっている。ある意味で、「楽観」に取(と)り憑(つ)かれている状態だといえる。

本書には、その支配から解放されるヒントが書かれている、と思ってもらって良い。

本書に対する悲観

本書の記述は、かなり抽象的だから、読まれる方は、ご自身の環境や問題に展開して、自分で解決策を模索してもらいたい。書かれているのは、単純な方向性や方針であって、具体的な手法ではない。あくまでもヒントであり、実際に何をすれば良いのかは、個々で異なる。はっきりいえば、それは自身で見つけていかなければならないことだ。

したがって、「方針などいらない、自分は具体的な手法を知りたいのだ」という方には本書は役に立たないだろう。最初にそれをお断りしておきたい。

悲観する力／目次

まえがき 3

第3章　正面から積極的に悲観する　93

第4章 冷静な対処は悲観から生まれる 129

第5章 過去を楽観し、未来を悲観する

第6章 期待と願望はほとんど意味がない 177

第7章 悲観できなくなるまで準備する 201

第1章 心配性で助かった

思考を加速させるもの

自動車を思いどおりに走らせるためには、加速と減速の能力が必要である。加速はエンジンのパワーに、減速はブレーキシステムに依存している。両者ともに、タイヤや重量バランスが影響要因となる。

二十年以上まえの話であるが、ポルシェ911を買ったときに、ディーラの人からアドバイスされた。「初めてポルシェに乗る人は、追突されるケースが多いので注意して下さい」というのである。つまり、普通の車よりもブレーキが強力で、自分は停まれても、後ろの車が停まれずにぶつけられることが多いらしい。速く走るということは、同時に速く停止できなければならない。この点は、スポーツカーの常識らしいが、一般の人にはイメージが及ばないところだろう。

人間の思考についても、まったく同様である。なにかを思いつき、その考えに従って、実際の行動に移そうとする。考えるのは自由であり、どんなことでも勝手に考えることができるけれど、行動は自由というわけにはいかない。考えたとおりに実行できないことの方がむしろ多いだろう。物理的に不可能な事象はもちろん、能力的、時間的、経済的な理由で実現しないことも多々ある。子供のときからそういった経験を積んで成長するから、しだいに実現が可能なものを選択するようになったり、あるいは、実現が難しいものであれば、どのような手順で不足を補えば上手くいくだろうか、と思考を深めることにもなるだろう。

考えているうちは、実行した結果というのは未知である。「やってみなければ、わからない」ということがほとんどだ。しかし、これも経験を積むほど、あらかじめ簡単そうか難しいかが予測できるようになり、どうすれば困難を回避できるか、あるいは、どれくらい目標に対して妥協しなければならないのか、という判断もできるようになる。

あるプランを思いついたときには、「自分にはそれができる」「できたらどんなに楽しいだろう」といった想像が思考を加速させる。これが、自動車のアクセルのようなものであり、「自信」や「夢」への期待が、思考の原動力ともなっている。こういった「わくわく感」があるからこそ、人類は数々の冒険にチャレンジできたのだし、人生を有意義なものにしたり、人間として大きく成長できたり、そのメリットは絶大である。子供たちにも、自信や夢を持て、とアドバイスする人は多い。

自信や夢が、つまりは「楽観」する能力といえる。これが自動車でいえば加速性能であり、エンジンのパワーだといっても良いだろう。「これは絶対上手くいく」「どんどんやってみよう」というプラス思考になる。「いけいけ」の頭である。このような気分のときには、やりたいことがどんどん増えるし、範囲も広がっていくはず。考えるだけでも楽しい。というよりも、こういった状態を「楽しい」と名づけたのではないか、と思えるほどだ。

思考を減速させるもの

しかし、その考えたことを実行に移すと、残念ながらそのとおりにはならないことがある。思っていたものと違う結果になる。考えていなかった事態に遭遇したり、見落としていた問題が現れたり、大丈夫だと信じていた手法が役に立たなかったりする。

他者が絡んでくると、もっと期待どおりにならない。人間は、機械などよりもはるかに不確定だから、信じていたのに裏切られる、という場面が頻繁である。そもそも、信じていたのが勝手な思い込み、つまりは観察不足による見込み違いなのである。詐欺のように、本当に相手が悪い場合も稀にあるけれど、多くの場合、そうなることを予測できなかった自分の落ち度と捉えるのが妥当なところだろう。

さてここで、動物にはない人間だけに可能な「反省」という行為、自分の思考法の修正が行われる。つまり、最初の「いけいけ」の頭がいけなかったのではないか、ということになる。加速ばかりして、減速する機能を欠いた頭では、自由自在に走ることができず、失敗しやすい。成功の確率が低くなる。世の中はそんな甘いものではない、と学習するのだ。

ここで、改めて出てくる思考法、すなわち減速機能、ブレーキをかける考え方、これが「悲観」である。

「こんな面白そうなものがある」と思いついたときに、「本当にそうなのか?」「なにかデメリットがあるだろう」とマイナス思考をすることで、思考の加速を制御し、安全な走行を実現できる。

マイナス思考というと、なんとなく「消極的」な響きに聞こえるかもしれないが、必ずしもそうではない。本当の価値や合理的な手法を求めるために必要な慎重さが生まれ、結果的に実行した場合の成功率を高める効果がある。ブレーキのない車よりも、ブレーキがある車の方が、コースを速く走ることができるのと同じだ。

エラーを想定しておく

どんなエラーが発生しそうか、と考えることによって安全性を高める、というのがテクノロジィの基本である。必要な性能をぎりぎりで達成するのではなく、ある程度の余裕を見た設計を行うのも工学の常識だ。材料のバラツキや生産過程における不均質性などをカバーするための方策でもある。

なんらかの計画を実行する場合には、あらゆる事態を想定しなければならない。プラス方向の事態を想定するのではなく、マイナス方向の事態、つまりアクシデントを予想し、そういった万が一の悪い事態になっても、目標が達成できるように考えておく。もしアクシデントが発生しなければ、必要以上に時間や労力や資金を使ったことになるので、できればそういった無駄は抑えたい。しかし、そのためには、より精確な予測、精確な生産技術が必要になるため、逆にコストがかかるかもしれない。そういったことを総合的に考えて、どの程度までのエラーをカバーするのかを決めておく。

一般には、基準や指針という定められたルールがあって、それに従って計画や設計を進める。こういったルールがないと、つい「そこまでしなくても上手くいくはずだ」という選択になりがちだ。そもそも、多くの人間は悲観が苦手なので、このようなルールを課す必要がある、との判断になったのだろう。

人間が、悲観を苦手としている理由はわからない。人類は、もともと心配性だったからこそ、ジャングルや草原などの自然の中で生き延びられた。しかし、心配ばかりして必要以上に怯えてしまっては、生きていけない場合もあったはずである。生来の臆病さを補おうとして、楽観的な思考法が生まれたのではないか、と想像する。

悲観を嫌う日本の文化

特に日本には、悲観を嫌う文化が存在する。それを象徴するのが「縁起(えんぎ)」である。

「縁起が悪い」「縁起でもない」という言葉があるとおり、悲観すること、悲観に関連するような事象、言葉を忌み嫌う。そういうことを口にしてはいけない、という文化がある。

たとえば、受験生がいる場合、「落ちる」や「滑る」という言葉を排除し、落花生も食べない、スキーにも行かない、といった努力をする。単なる言葉に過ぎないのに、どうしてそこまで気を遣うのか、と不思議に思う人は科学的に正しい思考の持ち主だろう。もちろん、僕自身はまったくそういったことを気にしない。

この程度ならば、それほど実害はないが、たとえば、原子力発電所が事故に備えて避難訓練をしようとすると、住民は猛反発することになる。「事故を想定するとはなにごとだ！」「事故がないように努める方がさきではないか」という理屈だ。これは、「事故を想定してシートベルトを締めるなんて縁起でもない」という主張と同じではないかと、少なくとも僕は感じるが、さて、皆さんはいかがだろうか？

この場合、避難訓練を計画した人は、「悲観」したのだろうか？「絶対安全」と言ってほしいと周辺の住民が考えるのは当然であるが、仮に、その言葉を誰かが発しても、そもそも「絶対安全」というものはこの世に存在しない、ということが科学的に自明の真実である。となると、「嘘でも良いから、その言葉が欲しい」という主張になる。誰か偉い人が保証してくれれば安全になる、というのは、不可解な思考であるけれど、そう考えている人が意外に多いのかもしれない。これは、その偉い人の首を賭けた約束、つまり命懸けの宣言であり、まるで神様に生け贄を捧げたようなものだろう。安全を神懸かり的に得ようとしている姿勢と分析することができる。

フェールセーフの設計思想

「フェールセーフ」という言葉をご存じだろうか。これは、工学における設計思想の一つであり、「機械は必ず壊れる」「誤操作は必ず起こる」ことを前提として、万が一そうなった場合に安全側に制御する手法あるいは原則のことである。

この「安全側」という表現は聞き慣れないものと思う。たとえば、自動車であれば、コントロール系に障害が発生したときに、自動車が暴走するのではなく、停止するように作動させる設計が、フェールセーフだ。暴走も停止も、走行に対する「障害」であることでは同じだが、「暴走」は危険側であり、「停止」は安全側である、という見方をする。これが工学の基本である。

青と赤の二灯の信号機がある。青が進め、赤が停まれだ。何故二つのランプが必要なのだろうか。常に電気を消費する。たとえば、赤のランプだけにして、これが光っていれば停まれ、消えていれば進め、というシステムにすれば、電力が半分になって省エネになる。信号機も簡素になって製造費も節約できるだろう。一灯で充分な機能の信号機になるのではないか。

現実に、そういった信号機はない。もしランプが切れた場合に、停まらなければならないときにその指示ができず、進めと勘違いされるからだ。これは危険側である。では、青のランプ一灯にすれば良いのだろうか。ランプが切れた場合に、停まれになるから、安全側である。けれども、青のランプが光っていないときに、停止の指示なのか、停電や機械の不具合によって信号機が点灯していないのかが、判別できない。もし、信号機にトラブルが発生しているなら、できるだけ早く察知する必要があるだろう。二灯の信号機の場合、両方が消えていれば、機械の不具合がすぐにわかる分、安全側に設計されているといえる。

フェールセーフ以外にも、安全を確保する設計思想がある。障害が発生した場合、それが致命的な結果を招かないように、補助をする装置を用意しておく。その補助装置に障害があった場合も想定し、さらに別の装置を用意する。安全を確保するために、二重三重に「バックアップ」を用意して備える、という考え方である。この場合も、「障害は発生するものだ」という立場で備えることに変わりはない。

信頼とは安全の積み重ね

人々は自然の中で生きているが、実際のところ、衣食住など、身の回りにあるもののほとんどは人工の生産品であり、それらの品々すべてが、安全を意識して作られている。だからこそ、今の安全な社会が成り立っている。もちろん、まだまだ不備は多々あり、ときどき事故が起こっているけれど、問題が見つかるごとに反省し、議論し、改善されてきた。昔に比べれば、格段に住みやすくなっていることは確実であり、こうした安全な社会の基本となっているものが、万が一のことを想定して考えられたシステムである。そして、このような安全を維持していくことで「信頼性」というものが生まれてくる。

信頼できるから、安心できるのだ。ひとたびトラブルが起こり、安全が脅かされると、信頼性が失われることになり、大勢が不安を抱く結果となる。安全を連続的に実現するという積み重ねによってしか、信頼は生まれない。安心というのは、なかなか得難いものだといえる。

さて、ここまで述べてきたように、人間の賢さというのは、悪い事態になったときのことを想定する能力であり、いうなれば「悲観力」のようなものに支えられているのが、現代社会だといっても過言ではない。

人間は機械よりも不安定

機械のトラブルだけではない。人間自身が間違いを犯すことも非常に多い。機械以上に人間は間違えるものである。というよりも、人間が間違いばかりするから、機械が発明され、人間をカバーしているのが本当のところだ。

社会は、人間の意思によって動いているわけだから、人間が間違えば、つまり社会、あるいは国家が間違いを犯す。戦争をしたり、搾取をしたり、あるいは虐待・差別をしたり、といった悪い事態は、歴史を遡ればいくらでも見つけることができる。同じ過ちを繰り返すことも少なくなかった。機械の設計のようなフェールセーフが、人間の社会には不足していたのかもしれない。こういった反省から、民主主義や立憲政治などが生まれたともいえるだろう。

「これは戦争につながるものではないか」と疑う、「こういったことは差別を助長しかねない」と心配する。マスコミなどは、そういった兆候を見逃さず、「警鐘を鳴らす」ことが使命といえる。「ちょっと心配のしすぎではないのか」と思えることも多いけれど、しかし、基本的に「悲観」することが、重大な過ちを繰り返さないための歯止めとなる、という考えに基づいているのだろう。

平和が楽観を増長させた

そのおかげなのかどうかはわからないが、少なくとも、僕が生まれてから今までの日本は平和だった。大きなトラブルもなく、日本は成長を遂げた。しかし、この頃の傾向として、「日本はこんなに素晴らしい」という「楽観」が多く観察されるようになってきた、と僕は感じている。

僕が子供の頃には、「日本はここが駄目だ」という論調のものがほとんどだった。事実、日本は大失敗をしたあと、どん底から這い上がろうとしていた時代であり、諸外国に学ぶべきものが沢山あったのだろう。遅れを取り戻そうという気運は、明治維新以後の日本の基本的な方向性でもあった。

そんな劣等感が、平和な期間が続いて、しだいに薄れたのかもしれない。経済的にも、日本は多くの先進国に追いつき、追い越した。押しも押されもしない大国になったようだ。だから、ある程度は「自信」のようなものを持つのも自然といえる。「プライド」も持つべきだろう、とも思う。

けれども、忘れてはいけないのは、やはり過剰な「楽観」で、状況を見誤らないことだ。あくまでも、現状や未来を「悲観」して、数々の対策を早めに講じておくこと、安全側のシステムを充分に吟味して構築しておくこと、その姿勢が大切だと思われる。

自分を信じるという楽観

この頃の子育てでは、「叱らない」「褒めて育てる」というスタイルが主流になっているそうだ。それは悪くない。ゆったりとした余裕のある人間に育つだろう。けれども、人生において自身の進む道を切り開いていくときには、自信や期待だけでは進めない事態に陥ることが多いはずだ。むしろ、そんなトラブルばかりだといっても良いほどである。

そして、険しい道を突破し、成功を摑んだ人たちの話を聞くと、さまざまな障害に対して、頭を捻って工夫をし、人が気づかないような細かい部分に着目して問題を解決している。たしかに、多くの方は「不屈の精神」のような言葉を使うのだが、しかし、不屈の精神を何に向けるのか、という点が大事なポイントではないだろうか。単に「絶対に上手くいくはずだ」と願っているだけでは、障害は取り除けない。戦略を立て、緻密に計画し、さまざまな場面を想定して、あらかじめ手を打っておく。そういった用意周到な誠実さが、成功の確率を高め、紆余曲折を経たのちに、目指したゴールへと導いてくれるのである。

彼らが「自分を信じていた」「必ず成功するはずだと考えていた」と語るのは、考えうるかぎりの対策を講じたためでもある。すなわち、人事を尽くして天命を待つ、という状況だったからこそ、精神論が語れるのにちがいない。

その後半の部分だけを真に受けて、いくら「自分にはできる」「なにごとも不可能はない」と呪文のように唱えても、けして同じ結果は得られない。やるべきことをやったかどうか、雲泥の差がある。「自信」とは、九十九パーセントの努力によって支えられた最後の一パーセントでしかない。ここを取り違えてはいけないだろう。

自信の発言は建前

少し整理をしてみよう。つまり、現代の若者の多くは、ゆとり社会で育ってきたために、子供の頃から楽観することを推奨されている。また、古来の日本文化にある「縁起」のために、悲観的なものの見方をしにくい傾向にある。大まかに言えば、この二つの影響で、物事を心配することを無意識に避けるようになってしまった。いわば、「悲観力不足」に陥(おちい)っている。

たとえば、試合まえのスポーツ選手にインタビューをすると、決まったように「自分たちのプレィをするだけです」「優勝を狙います」と語る。けして悲観的な言葉は出ない。子供たちは、これを見ているから、そういった自信に満ちた言動が、勝つための手法だと勘違いするかもしれない。また、チームを率いる監督は、選手を鼓舞するために、「絶対に勝てる」と繰り返すかもしれない。

実際、監督はチームのどこに弱点があるのか、どうなると危ないのか、ということを考え尽くして、それへの対策を考えているにちがいない。でなければ、そのチームは勝てるはずがない。

会社では、社長が社員たちに対して自信に満ちた発言をする。未来は明るい、と話す。危機感を持たせるための説明もあるが、それを乗り越えていけるはずだ、と断言する。政治家も有権者に向かって、自分が進める政策を実行すれば素晴らしい社会になる、と訴えている。それらを真に受けている社員や有権者が、どれくらいいるだろう。

「本音」と「建前」のようなダブル・スタンダードがあることを、大人なら理解していると思う。綺麗（きれい）な言葉で明るい可能性を語るのは建前であり、本音では、解決しなければならない問題を沢山抱え、その方策に頭を痛めている。本音と建前を使い分けているのが、有能なリーダといえるのかもしれない。問題は、建前だけを真に受けてしまい、単純に楽観してしまう人たちである。

この単純さは、特に若者に顕著だ。何故なら、まだ現実の問題や失敗を見ていないから、言葉を本気にする傾向がある。歳を取るほど、言葉どおりにはいかない事象をたびたび経験する。どんなに真剣に願い、一所懸命頑張っても、成功しないことは多い。問題は解決しないし、挑戦は失敗する。時期的に早いものとして、大学受験でそれを経験するかもしれない。

言葉だけの単純化

そういった挫折を積み重ねて初めて、思いどおりにはいかないものだ、願いは簡単に叶(かな)うものではない、ということが理解できる。失敗をすることによって、悲観のし方を覚える。ところが現代の子供たちは、その失敗もなかなかさせてもらえない。周りにいる大人たちが、成功を演出してしまうし、たとえ失敗をしても、「たまたま運が悪かっただけだ」「一所懸命やったことに価値がある」と慰めようとする。けっして、「お前の才能では無理だった」とは言ってくれない。大人たちは、子供に悲観させないように努力する。これが、子供たちの悲観力を奪う原因になっているのは明らかだ。

「楽観」にもいろいろあるが、最近特によく見かけるのは、やはり言葉だけの単純化を信じてしまう人である。たとえば、この頃多く出回っているのは、ハウツー本と呼ばれるもので、なにかの目的に対して、単純にこれをすれば実現する、と説く類のものである。「失敗しない方法」や「成功する七つの法則」みたいな本だ。本以外にも、ネット上の記事などで、非常に多いパターンである。こういったものは、そもそもヒント的な意味合いの情報であって、そこからなんらかの気づきが得られれば、役に立つことも少なくないだろう。しかし、「AをすればBになる」というほど単純な事象は、世の中には滅多にない。それこそ、数学の計算や、化学反応以外ではまずお目にかかることはない。

「こうすれば、ああなる」という単純化を真に受けてしまうのも、「楽観」である。つまり、「こうしても、ああなるとはかぎらないのでは?」と疑うことをしないからだ。

このように、「悲観」の重要な役目の一つは、物事を疑うことである。鵜呑みにせず、疑問を持つこと。そうすることで、チェックが厳重になり、そのとおりにいかない場合を想定して、「覚悟」をしておくことができる。

悲観は客観的視点から

「悲観」は物事に対して慎重になり、用意周到な準備をする姿勢を生む。もちろん、そういった準備をしない「楽観」に比べれば、余分な労力やコストがかかることになるから、問題なく物事が運べば、ちょっとした損をすることになるだろう。

一方、「悲観」によって生まれるものは、成功を導くこと以外にも、成功確率を上げられたことによる精神的な安定がある。一般にこれを、「余裕」という。

あらゆるトラブルを想定して手を打つことで、余裕が生まれ、その余裕によって、さらに緻密な思考が可能となる。これは、余裕が客観性や冷静さをもたらすためだ。余裕がないときには、人間は緊張し、一点に集中しがちである。すると、どうしても多くのものを見落としてしまう。悲観というのは、可能性のパトロールのような思考であり、頭の中であちらこちらを歩き、周辺を見回して、見落としがないかと探し回るような思考なのだ。

「上手くいかないかもしれない」と心配をするだけの「悲観」では、明らかに不充分である。上手くいかない原因として、どのような場合が考えられるか、という方向へ思考を向ける必要がある。そこまで考えて初めて、悲観の効果が表れる。

このように、周辺の可能性を考えて回る行為が、客観的な視点を育てる。いつも悲観して、悪くなる要因を探していると、どういったものを見逃しがちかも、だんだんわかってくる。それは、一方向からしか見ないような、固定された視点に生じがちな死角に隠れている。

思いもよらない原因で失敗してしまう経験を何度か積むと、その原因を「思いもしなかった」のは何故なのか、ということに気づく。自分が立案した計画などでは、特に気づきにくかったことだ。重要な計画ならば、複数の人間がチェックをすることで、見逃しが避けられるが、これもつまりは視点の問題だった証拠である。客観的になれず、主観的な予測に頼っているから、エラーの想定が不充分になる。

悲観のおかげで今がある

「悲観」が、「きっと駄目だろう」という諦めになってしまうと、まったく意味がない。おそらく、悲観が嫌われるのは、この意味でのことではないだろうか。「きっと駄目だろう」と思うことは、たしかに悲観の基本であり、ここまでは正しい。そして、どうして駄目になるのか、駄目になった場合にどうするのか、あるいは、駄目でも良いと初めから心構えをしておくのか、といった対策を用意しておくことが大切なのである。

とにかく、人間の社会は、悲観によって生み出された非常に多くの仕組みによって支えられている。本当に、悲観しておいて良かった、悲観のおかげで助かった、と感謝をしなければならないほどである。

身近なところでは、警察があり、法律があることも、悲観から生まれたものだ。悪いことだとわかっていても、人間は悪いことをしてしまう、という悲観が、ルールを作り、罰則を決め、これらを取り締まるシステムを築いた。日本の法律では、ルールを破った人間の命まで奪うことだってある。人を何人も殺した人間をどうしたら良いのか、と考えたから生まれたルールだ。そんな縁起でもないことを、きちんと考えたのである。縁起の悪いことばかり処理している職業だってある。避けて通れないものが、この世には存在する。であれば、「考えるだけで憂鬱になる」などと逃げている場合ではない。

社会のことは個人の自由になるものではないが、個人の行動は、多くは個人の思考に従っている。その人が楽観的に考えていれば、余計な心配をせず、潑剌と生きられるかもしれないが、予期せぬトラブルに巻き込まれ、せっかくの苦労が水の泡と消える結果になりやすい。自身をコントロールし、頭を働かせ、的確な悲観を巡らせた者は、トラブルを避けられる。

そもそも、努力をするのは、悲観から生じた対処だということがほとんどである。このままでは失敗するかもしれないという予測があるから、そうならないように励むのだ。

自分をコントロールする能力

最悪の事態を恐れ、取り返しのつかない状況になるまえに、方策を考えておけば、多くの場合、なんとか取り返しがつく状況で収まる。

たとえば、若い人であれば、まずは受験への対応に迫られているだろう。受験というのは、良い大学へ入ることが目的であり、自分の将来をある程度決定づける。本当は、そうでもないのだが、平均的に見れば、だいたいそのとおりだ。あんな試験だけで人間の能力が測れるはずがない、という主張ももっともではあるけれど、受験に向けて、自身をコントロールする能力が測られている、ともいえるだろう。

興味のないこと、楽しくないことでも、一定のノルマを果たす決まりが社会には存在している。そういったものに反発したくなるのは自然なことだが、ときにはこれらに従って、自分の時間や労力を妥協的に消費し、他者、集団からの信頼を得ることが、社会で生きていくうえで重要な適応能力といえる。つまり、自身をコントロールできるマネジメント力が問われているのだ。その象徴が、大学入学試験であり、各種の資格試験なのである。

社会的な動物である人間は、周囲から認められることに大きな満足感を抱くようになる。おそらく、「褒めて育てる」といった教育方針もこのような精神を育むことが目的だろう。ただし、これが行き過ぎると、人に認められることにばかり気を遣う人間になり、空気を読むことに全神経を遣い、独自の個性というものが潰れてしまう危険もあるだろう。

こういったものは、結局はバランスが大事で、周囲に対して「我関せず」でユニークになりすぎては社会での活動（特に仕事）が立ち行かなくなるし、逆に社会の流れに乗ってばかりいると、自分の楽しみを犠牲にしすぎてしまい、多くの場合、生きるのが虚しくなる。やりたくない仕事を我慢してやる、というのがどっちつかずの中庸であり、ほとんどの人は多かれ少なかれ、そういったバランスを保って生きているように見える。この自己をコントロールできることが、社会人の条件になるのだから、不承不承でも受験勉強に耐えられるか否かを試す意味はある、と解釈できる。

楽観はストレスを生む

「悲観」というのは、自分の楽しさを優先して社会で孤立しても困るし、逆に仕事一本槍では精神的に疲れてしまうだろう、という両極端を避けることだともいえる。どちらへ傾いてもロープから落ちてしまうから、「悲観」がバランスを取る方策を考えることにつながる。

困るからやる、という姿勢が嫌いな人も多い。嫌々やっているような精神が、釈然としないのだろう。これは少し古い価値観だと僕は感じるが、たしかにそういった文化が昔はあったようだ。やるからには好きになれ、という理屈である。

たとえば、仕事にやり甲斐を見出せ、勉強も楽しんでやれ、となる。指導をする側は、さらに「やり甲斐を持てるような仕事」「楽しんでできるような勉強」を企画しようとする。これらは、「楽観」によって人を動かそうとする方針といえるだろう。

僕は、このやり方には反対である。何故なら、僕自身が仕事も勉強も大嫌いだからだ。遊んでいる方がずっと楽しい。自分の本心に目を瞑ることはできない。ただ、仕事も勉強もしなければならない。しないと困ったことになる。そういう「悲観」から、しかたなくやる。その姿勢が何故いけないのか、僕にはわからない。自分を騙してまで、「嫌なもの」を「楽しいもの」にすり替えるなんて、正直な人間にはできない。自分の気持ちを変えることにエネルギィを使う方が無駄であり、効率が悪いとさえ思う。適応できないで、ストレスを抱え、病気になる子供もいるだろう。

当然ながら、「楽観」して努力ができる人も多いだろう。それは、子供の頃から、そういった方法でやる気を出して、成長してきた経験を持っているからである。ただ、これがスタンダードになると、気持ちを前向きにしないと行動できない人になる。そうなってしまったら、モチベーションを上げるために、さらに「楽観」するしかないのかもしれない。これもストレスを招くように思える。

欠点修正が合理的

ここまで書いてきたように、調子が良いときに「楽観」で動く人は、浮かれてしまって失敗する確率が高い。「調子に乗るな」という戒め（いまし）があるくらいだから、例が多いということだろう。

気持ちを「楽観」で動かす人も、是非、理屈では「悲観」する癖をつけてもらいたい。悪いことを考えない、というのでは緻密な予測はお手上げになってしまう。それは明らかに不利だ。

受験でもそうだが、世の中の評価というのは総合的なもので決まることが多い。一つのことに秀でていても、沢山の欠点があると世間での評判は低くなる。まさに受験のように、満遍なく点が取れる人が、偏差値の高い大学に合格することができる。

自己コントロールで、自身の欠点を修正するときにも、「悲観」が役に立つ。冷静に、自分の悪いところを検討する、ということが、楽観的な人間にはそもそもできないだろう。

たとえば偏差値を上げるには、一般に、得意な科目を伸ばすよりも、不得意な科目に力を入れる方が効果的である。いくら得意でも、試験では百点以上を取ることはできない。また、九十点を百点にすることに比べて、五十点を六十点にすることの方が断然簡単である。これは、「伸びしろがある」と表現される傾向であり、多くの人が経験的に知っているはずだ。

社会に出ても、だいたいこのとおりである。仕事などでも、問題がある部分を修正することで効率を上げることは、新たな戦略を捻り出すことに比べれば、格段に楽な方法といえる。つまり、目に見えない希望を探すよりも、実際に存在する欠陥を直す方が、やることが決まっている分、楽な作業になるし、確実な効果が得られやすい。

悲観は戦略の基本

以上述べてきたように、「悲観」のおかげで人類は成長してきたし、今も社会で生きていくために「悲観」は基本となるものの考え方だといえる。

「悪い場合を考える」というのは、「悪くなる」方法ではない。何故か、そういった連想をしてしまう人が沢山いるようだが、よく考えてみればわかるとおり、非常に非科学的な、オカルト的な感覚に支配されているといわざるをえない。結局、「悪いことは考えない方が良い」と考えることが、もう悪いことに取り憑かれている状態だといえる。

変な例かもしれないが、家にスズメバチの巣ができているのを見つけたら、どうすれば良いだろうか。悪いものを見ないように視線を逸(そ)らすのか。それとも、これは縁起でもないとお祓(はら)いをしてもらうのだろうか。そうではない。最善の策は、スズメバチの巣を除去することである。それには、スズメバチについて調べなければならない。どうやって除去するのかを検討しなければならない。

スポーツで対戦する相手のことを事前に調べるのも常識だ。日本人は、えてして戦う相手を嫌い、意識から遠ざける傾向がある。「自分たちの野球をすれば勝てる」という楽観をするのだ。アメリカと戦争をした当時、英語を使うことを禁じたりしたのも、忌み嫌う対象を遠ざける精神からだったのだろう。悪いものに蓋をすることが、「楽観」であるなら、この手法は非効率であり、間違いを招きやすいと断言できる。

むしろ、悪いものをよく分析し、悪くなる傾向に敏感に対応すること、この本当の「悲観」によって、失敗は避けられる。

余裕をもって行動する

実は、僕の父が大変な心配性だった。家族旅行のとき、切符を買った列車の発車時刻より一時間もまえにプラットホームに到着する、途中でどんなアクシデントがあっても遅れないようにする人だった。建築関係の商売をしていたが、手堅さが評判になったのだろう、そこそこの成功を収めた。ただ、借金を一切しない、無理な投資もしないので、会社を大きくすることはできなかったようだ。

「世の中、何があるかわからない。どんな場合にも生きていけるように、普段から準備をしておきなさい」と言われた。「無理をするな」「一所懸命頑張るな」という教えもあった。

僕は、人よりも心配性だろうと思う。たとえば、時間には厳格で、約束に遅れたことは一度もない。いつも、早めに行動を起こす。父ほどではないが、周囲から「ちょっと早すぎるのではないか」と言われることもしばしばである。

でも、早めに行動することで生まれる余裕というものを、僕はとても大事にしている。まるで時間を捻出したようで得をした気分になれるのだ。

今、この本を書いているのは、四月の初旬であり、本が発行されるのは、九カ月後の予定である。これでも、僕にしてみればぎりぎりの仕事であり、多くの場合、もっと早めに執筆を終えている。

「そこまでするのは、ちょっと」と思われた方が多いことと思う。だが、僕から見ると、多くの人が陥るピンチ、予期せぬトラブル、絶望的な状況、などといったものは、「何故、早めに手を打っておかなかったのか」と思えるのである。それらのほとんどは、正しく悲観することで避けることができたはず、と僕は考えている。

第2章 あまりにも楽観的な人々

危機感を煽るマスコミ

本章では、「楽観」が人々を支配している現状や、何故そうなったのかという理由について述べようと思う。

日本の状況を、僕はネットで観察している。TVや新聞は見ていないし、近所に日本人はいないし、そもそも人に会ったり、おしゃべりしたりすることもない。今は、これといって仕事をしていない隠居に近い毎日であり、集団の中で自分のポジションを維持するといった行動を取る必要もない。したがって、観察は少なからず俯瞰的になる。

今のネットは、かなり他者の内面に迫ることが可能だ。ブログやツイッタを眺めていれば、個人がどんなふうに考えているのか、どのように社会を観察しているのか、というサンプルを労せずして得られるので、かつてのどの時代よりも正しく状況を捉えられる環境だと考えている。

さて、マスコミは大衆に向けて危機感を煽っている。これは昔から同じであり、一貫している。行政に対しては、常に疑問視する立場を取る。それが役目でもある。ちょっとした問題を大きく取り上げ、できるだけ重大な問題に見せようとする傾向にある。僕が子供の頃であれば、大衆はこういった報道に敏感に反応していた。ある意味、マスコミ慣れしていなかったからだ。ときには、過敏すぎるほど反応したこともあった。学生運動なども盛んで、機動隊が出動するような騒ぎも頻繁だった。

いつの間にか、そういったものが下火になり、あるいはなくなってしまった。どうしてなのか。

楽観漬けの日本人

もちろん、多くのシステムが改善され、不合理なもの、隠れていた悪徳が排除されてはいるだろう。あらゆる組織が透明性を増して、不正が起こりにくくなっているのも事実のようだ。

しかし、最も大きな要因は、社会が豊かになったことだろう。もちろん今でも貧しい人はいるし、格差の問題が取り沙汰されることも多い。それでも、平均的に見て、僕が子供の頃よりも今の日本人が豊かな生活をしていることは明らかだ。

また、長く平和が続いている。海外の飢餓や紛争は、毎日のように報道されているものの、目の前に立ちはだかる大問題だ、という意識は大衆には薄く、あくまでも「遠い」話題のように見られている。マスコミが報じる場合にも、日本人が巻き込まれているかどうかで、扱い方がずいぶん異なる。それ自体が、遠い問題だという証拠だろう。

このような状況が長く続いていることから、多くの日本人は「楽観漬け」になっているように見受けられる。マスコミが危機感を煽っても、「そんなに酷いことにはならないだろう」と安心しきっている。否、むしろマスコミが過剰に煽りすぎたからこそ、悲観的なセンサが麻痺（まひ）してしまった結果、「楽観」が広まったのではないか、と思えるほどである。

空気による支配

もともと日本人というのは、集団の空気に支配された民族だといわれている。個人では動きだそうとしないが、集団が動き始めると全員で一気に動く。つまり、誰かが気づいて騒いでも、大勢は動かない。反応が鈍い。理屈に合ったことも信じようとしない。

周りのみんなが動かないうちは大丈夫だ、という感覚を持っている。

大勢が「えっ、やっぱり本当なのか」と気づいたときには、パニックになる。大勢が気づくのは、現実に大きな問題に直面した、衝撃的な災害が目の前で発生した、という場合なので、既に手遅れである。

気象庁がいくら警報を発しても、「いつものことだ」「また煽っている」と聞き流してしまう。実際に大雪になり、洪水になり、大災害になって、ようやく「大変だ」となる。ただし、その後は大勢が一気に動くから、災害時の復旧や避難者への救援などでは、一致団結するのである。

このような日本人の傾向は、基本的には「楽観」が根元となっている。想像するに、農耕民族特有の運を天に任せるという心理のようなものがベースにあるのではないだろうか。悲観をしてもしかたがない。神様を信じて、じっと耐える。悪いことがあっても、天気のようにいずれは回復するのだから、それを待とう。そういった楽観である。これは、狩猟民族にはありえない姿勢だろう。そこに獲物がいなければ、探して歩く。すぐに腰を上げて移動する、というのが基本だからだ。また、狩猟民族は、大勢で一気に行動する習慣も意味もないから、周囲の空気を読むよりも、個人の考えで行動を起こすことが優先されるだろう。

農耕は、良い天候を待つしかなく、つまりは神を信じて「楽観」するしかない。神を疑うことは禁じられる。狩猟は、いつ食料が得られるか、見つかるまで探さなければならない。行動は自身の判断による。いつ食料が得られるかは予測ができず、待っているよりも、早く次の手を打つことを考えるようになるだろう。

絆社会への楽観

最近の日本で顕著なのは、ネットにおける炎上現象である。他者のちょっとした発言に対して文句をつける。「悲しむ人がいるのではないか」という指摘をして、失言に対する謝罪を求める。おそらく、こういった現象は、かつては狭いサークル内であったものだろう。たまたまそれが、早く広範囲に伝わる環境に一変したため、思いもしない大勢の人々が一気に声を上げる現象になってしまった。

そこには、「誰もが、みんなのことに気を配らなければならない社会が実現できる」

という「楽観」が存在する。「私たちは全員良い子であり、悪い子は反省し、頭を下げて仲間にならなければならない」といった意識だろう。

一方で、「悲観」的に社会を見ている者は、「みんなそれぞれ違う人間なのだから、ちょっとした行き違いや不満を解消することなんて無理だ」と日頃から考えているだろうから、そんな細かいことに関わりたくない、と思うだけだ。

つまり、「みんなで輪になって一緒に」と考えている人ほど、他者の心ない発言を見過ごせない。また、そういった粗（あら）を探すことで、「絆（きずな）で結ばれた理想の社会が実現できる」「自分のやっていることは正義だ」と感じる楽観的心理がある。

これらは、被災地に物資を送ったり、一斉に楽しいことを自粛したりする精神とも類似している。基本的に、「正義」という「楽観」が原動力だ。僕は、こういった活動を揶揄（やゆ）しているのではない。もちろん非難もしていない。ただ、楽観的に見える、ということを指摘しているだけである。

宗教という楽観

正義が楽観であるように、宗教も楽観である。

宗教は、人々の不安を受け止める装置であり、神の力によって救われると説く。たとえば、「天国がある」と信じることは、明らかに楽観といえる。実は天国というものが存在しないことを、現代人の多くは知っているはずであるが、「信じる者は救われる」という究極の楽観によって、人々の精神を支配する仕組みといえる。

日本人の多くは無宗教だといわれている。しかし、ほとんどの人が墓を持っていたり、守っていたり、あるいは新しく買おうとしていたりする。死んだら墓に入りたい、という「楽観」を持っている。

僕は、両親を墓に入れなかったし、僕自身、そんなものはいらないと考えている。しかし、他者にこの考えを押しつけるつもりは全然ない。日本人の大多数が、まだ墓がない死後を受け入れられないでいるが、その理由は、周囲の大勢がそうしているからだ。これから少しずつ墓が減っていき、大勢が無駄な出費をやめることになれば、あるとき一気に覆ることだろう。

「墓は死後のためのものではなく、生きているときの安心を買っているのだ」という主張も聞いたことがある。これは「お守り」と同じ理屈であり、やはり「楽観」といわざるをえない。今後、日本の人口は減少する。これまでは、子孫は多数だったが、これからは先祖が多数になる。沢山の墓の面倒を子孫に見させ、出費させることになるのはいかがなものかと思うのだが……。

正義という楽観

正義や宗教が「楽観」だとは考えられない、という方がいるだろう。悲観しているから正義や宗教が生まれたのではないか、との考えもあろうかと思う。一面を見れば、それも正しい。物事にはいろいろな面がある。

もう一度整理しておこう。ここで述べている「楽観」とは、「こうすれば、ああなる」と信じること、「AならばBである」と決めつけること、である。「墓があれば安心だ」という言葉を信じる。そこには、科学的な理由がない。でも、何を信じるかは自由だから、特に問題ではない。問題なのは、「AであってもBにはならない」という

「悲観」を排除しようとすることだ。

正義とは絶対的なもので、みんなが等しく目指さなければならない。正義から逸脱したものは、社会が非難する。そうすることで、理想が得られる。これが、「楽観」である。そもそも、正義は絶対的なものではない。正義が絶対ならば、裁判所はいらない。多くの争いは、お互いの正義がぶつかり合うものである。むしろ、正義を守ろうとして、戦争は勃発するといえるほどだ。こう考えるのが、「悲観」である。

人間が怒りを覚えるときというのは、「自分は正しい」というベースの上に立っている場合がほとんどだ。すると、相対的に「相手は間違っている」という認識になる。だが、「自分が正しい」という観察は、本当に客観的なものだろうか。

「正しい」とは何か?

正しいものが存在するという「楽観」が前提としてある。それを基礎として、自分の方が正しいという楽観を積み上げる。間違っているものを排除するのも正義であり、自分は正しいから勝たなくてはいけない。神様はわかってくれるはずだ。あるいは、大多数は自分の味方になってくれるはずだ。「正しさ」というのは、そういった楽観的な信念である。

ときには、大多数ではなく、自分の周囲の味方によっても正義は作られる。同じ意見の者が集まり、そういった集団ができる。意見を訴えるにしても、また実力行使に訴えるにしても、一人よりも集団の方が強力だ。ある程度味方がいれば、自分たちの正しさはいつか認められるはずである、と考える「楽観」に酔っている。すなわち、未来の多数派をイメージして、現在の少数派でもアイデンティティを維持できる、という「楽観」を持つ。

楽観の原動力は期待と願望

そもそも、争いというものは、「勝てる」という楽観をお互いが持っているから始まるのだ。どちらかが、「負けるだろう」と悲観していたら、戦いになる以前に妥協を模索し、服従を甘受し、争いは終結する。

その意味では、ギャンブルも同様だ。「勝てる」という楽観があるから、何度もチャレンジするのである。宝くじほど確率の低いものでも、買っている人たちは、誰一人

「当たらないだろう」と悲観してはいない。

世の中では、「結婚はギャンブルだ」「今回のプロジェクトはギャンブルですね」と、危険度が高いことをギャンブルに喩(たと)えるが、実際にはギャンブルほど期待値の低いものに挑むことは滅多にない。そもそも、期待値の高いものはギャンブルとは呼ばれていない。たとえば、就職して仕事をすること、あるいは学校で勉強することは、相当に期待値が高いから、ギャンブルとは呼ばれない。

「楽観」の原動力となるものは、期待であり願望である。この意味で、ギャンブルの動機が「楽観」にあることは明らかといえよう。一方、「悲観」の原動力とは、期待や願望の自制である。これは、期待と願望が、未来予測を鈍らせる結果になるとの強い反省を主導した理性による。

予測に願望が混入する

予測に願望が混入するのは、頭脳という同じ機関で作成されたイメージであることを考えれば、自然な成行きといえる。予測とは、実際に観察される兆候と、過去の因果関係の知見から、今後のことをイメージする行為である。これは、一種の「計算」だ。つまり、数字の処理といえる。これに対して、願望とは、自身の満足をイメージする行為であるから、少なからず肉体的、生理的なものに根差している。本能といっても良い。ＡＩは予測することが可能だが、願望を持たない。結果的に、ＡＩの予測には願望が含まれない。

人間が行う予測には、割合を問わなければ、そのほとんどに願望が混入するだろう。本人が気づかない部分のちょっとした判断、判定、評価に願望が含まれている場合がほとんどである。

予測に願望が含まれることのデメリットは、予測の精度が低減することにある。予測は本来、未来を的確に言い当てることが目的であり、予測自体が都合が良いものであっても意味はないはずである。それでも、予測を人に語るときには、その内容が聞き手に都合が良いものであれば、受け入れられやすい。語る本人も、都合の良い予測を語ることで、知らず知らず満足している。だが、気持ちが良い分、予測は危険側になる。

予測に悲観が含まれることは、少なくとも安全側である。つまり、実際に訪れる未来は、予測よりも良いものになる可能性が高い。予測に願望が含まれれば、未来は予測よりも悪いものになる可能性が高くなる。一番精度の高い予測は、楽観も願望も混ざらないニュートラルな計算結果であるが、どうしても感情的なものが混入するとしたら、少なくとも楽観よりも悲観の方がましだ、ということになる。

意見に願望を含めない

予測だけではない。「意見」にも願望が含まれるのが通例である。

意見に願望が含まれるのは当然だ、と考えている人が大多数だと思われる。そもそも、意見とは願望なのではないか、両者は同じものだ、と主張する人だっているだろう。多くの議論は、お互いの利害関係に食違いがあるときに行われる。話合いをするうえで、お互いが理屈を主張し、お互いの予測を述べ、こうするのが正しい、と説く。しかし、現実にはどちらかに決めなければならないので、お互いの願望がどちらも叶うことはありえない。結局はどちらかが折れるか、その代わりの補償を求めて妥協をするしかない。

こうしてみると、「意見」はそもそも願望から発しているものだ、という考えも頷けるかもしれない。では逆に、願望が含まれない意見とは、どのようなものなのか。

あまり良い例とはいえないかもしれないが、僕は、以前から消費税に賛成している。消費税が導入される以前からそうだった。その理由は、所得に課税する方式では、所得を隠すことができる人、また経費を水増しして所得を低くすることができる人は、徴税を免れるからだ。たとえば、不法な商売をしている人は、所得がわからないので課税されない。自営の会社であれば、多くを経費とすることで赤字にできて、やはり課税されない。会社員だけが税金をきっちり計算されて取られることになる。だが、消費税であれば、その種の節税をしている人たちも、買いものをすれば税金を納めることになる。税率が高いと、「節税」の名目でいろいろな手を使って脱税的行為が増えるので、所得税に頼った税制よりも、消費税や(現在は行われていないが)収入税のような方式が合理的だと考えている。日本政府の財政は現在空前の赤字であり、将来の国民に借金をしている状況である。僕が消費税(あるいはその増税)に賛成なのは、このような理屈からだ。

僕のこの意見には、僕の願望は含まれていない。僕は現在消費税を何百万円も支払っていて、少しでも税金が少なくなる方が嬉しい。誰だって、自分の稼いだ金から搾取されたくはないだろう。税金は少ない方が良いに決まっている。はっきり言って、税金ゼロを目指してもらいたい。これが願望だ。

増税に反対する人は非常に多い。賛成する人は少数派である。しかし、税金をゼロにできないことは、誰もが理屈として理解しているだろう。そもそも、沢山金を稼ぐ人とそうでない人の格差が存在し、それを補うために社会福祉がある。これに必要なのが税金である。当然ながら、金持ちから沢山の税金を取ることが基本だ。消費税は、庶民の暮しを直撃する、とマスコミは煽っているが、金持ちほど沢山買いものをするから、その分多くの消費税を取られる。現在は収入のない金持ちの年寄りからも、消費税なら徴収できる。生活に困っている人たちは、所得税も支払っていないだろうから、税制は明らかに庶民の味方なのである、と僕は考えている。

税金は払いたくない、という気持ちは自然であり、間違っていない。これは、個人にとっては正しい理屈といえる。しかし、大勢が集まった社会においては、また別の理屈が必要になる。

不満を分散するのが民主的

個人の願望は、ときに個人どうしでぶつかり合う。こちらを立てれば、あちらが立たず、なにかするごとに不公平となる。そこで、両者の折合いをつけて、半分ずつ負担をしましょう、といった妥協をする。結果として、両者とも半分の不利益を我慢することになる。これが自由主義、民主主義の基本であり、端的にいえば、不満を分散するシステムだといえる。みんなが少しずつ不満を抱え、それを我慢することで、社会を維持する仕組みだ。だから、「自分は何故こんな損をしなければならないのか」と怒るまえに、社会全体の収支を考え、その社会からどれだけ利益を得ているかを、再認識した方が良い。

日本で暮らしていれば、武装をすることなく、いつでもどこでも自由に歩ける。病気や怪我のときには救急車が無料で病院まで運んでくれる。医療費は大部分国が負担してくれる。災害があれば、いろいろな援助が受けられる。電気も水道も、たいていの場所で利用できる。もしそれらを、個人が実現しようとすれば、桁違いの大金が必要になるだろう。

それでもなお「税金ゼロ」を主張するとしたら、それは自分だけの目先の利益がすべてである、という大いなる「楽観」をしている状態だと分析できる。とりあえず、自分の今が良ければ充分だ。周囲のこと、未来のことなど知ったことではない。皆さんは勝手にやって下さい。自分は自分で生きていく。それができる、と「楽観」しているのだろう。

貧しさの中にいれば、人間は自然に悲観的に考えるから、そういった時代には、僅かな希望のようなものに縋(すが)り、大部分の不満は「しかたがない」「これくらいは我慢しよう」となった。だが、豊かで不自由のない環境が続けば、それが当然のものだと楽観し、少しでも不満があってはならない、それは不幸なことだ、と考えるようになる。楽観が行き過ぎると、「驕(おご)り」に近づく。

豊かな社会が楽観を生む

人間関係にも、同じような楽観を見ることができる。

貧しい時代には、働いて金を稼ぐことが最優先であり、仕事や人間関係の不満は我慢するのが当然だった。他者に対しても悲観しているから、自分と意見が合わないことが異常だとは考えない。だが、豊かになるに従って、人間関係にも価値を見出せるはずだと楽観する人が増えてくる。「人は絆で結ばれているはずだ」「心を通わせることができるはずだ」という願望を持つ。

家族も、かつてはもっと自然で単純な集団だった。ただ同じ家に一緒に住んでいる。従わなければならない序列があって、親に逆らうことは許されない。いつかは家を出ていこう、と子供は考え、実際に独り立ちした者が多かった。

現代では、家族は愛で結ばれた集団である、という楽観を大勢が抱いている。そういったものが美化されて映画、ドラマ、小説などのフィクションで語られ、またＴＶの報道でも、ことあるごとにそんな美談が取り上げられる。成功した人物は、家族の支えがあったと語る。親は子供のために献身しなければならない、との声が主流で、それができない親を糾弾しようとさえする。

そもそも、そういった「愛」や「絆」が演出で作られたのは、そういった存在が貴重であり、稀少であったからだろう。珍しいものであったから、フィクションとして取り上げられ、あるときは啓蒙に利用された。

ところが、現代において人々は個人主義になり自由になった。これでは、統制が取れないという心配も持ち上がる。その心配をするのは、支配者であり、資本家である。秩序を維持するためには、コントロールしやすい個人でなければならない。それらの思惑も、この「愛」と「絆」の生産を促進したことと想像される。人々に、そういった理想を見せることで、皆が善人になり笑顔になれる状況が実在する、という楽観を抱かせたのだ。

考えないために楽観する

「楽観」は、このように大量生産されることで、個人の生活の大部分を支配してしまう。社会の流れに乗ることが主な関心事となり、道理を深く考えなくなる。そもそも、楽観のメリットは、「考えない」という省エネなのだ。考えることは、つまり悩むことと等しく、限りなく「悲観」に近い活動である。頭脳を使うことは大きなエネルギィ消費であり、生物としても、できるだけ考えない方向へ進化しようとしているのが、現在の人類だろう。

もともと、人は考えたくなかったから集団を形成し、大勢でリスクを分散して、誰かが気づけばみんなで活動する、という体制、すなわち社会を築いた。個人の生活では、考えることが多すぎて、面倒この上ないからだ。人間は、社会的になることで、考えなくても済むようになった。

考えないため、つまりいちいち判断をしないためには、ルールを作っておけば良い。「AであればB」と決めておく。そうすれば、事態がAだと判明したら、すぐにBを実行するだけだ。迷うことがない。頭を使わないから「楽」である。既に述べたように、この「AであればB」と決めつけることが、「楽観」なのだ。

現実問題として、こういったパターン化はそれほど簡単ではない。たとえば、定義をしっかりとしたうえで、安全側にルールを定めたものが、すなわち法律である。その法律も万能ではなく、解釈を巡って裁判沙汰になることもしばしばだ。

自身の行動も、経験を重ねることでパターン化される。こういうときは、自分はこうする、と決めることがだいたいできる。若いときには、そういった自分のルールがないから、すべてに対してそのつど考え、悩まなくてはならない。年寄りは、人生のベテランであり、たいていのことはすぐに判断できる。判断できるというのは、考えているのではなく、過去の事例に照らし合わせているだけだ。過去になかったこと、新しく生じた条件に対しては、的確な処理ができない。これを、若者は「老人は頭が固い」と揶揄することになる。

ネットが助長した楽観

若者は、年配者に相談することで経験不足を補ってきたが、現在ではこれがネットになった。若者の身近に老人が沢山いるわけではないから、「この人の言うことを信じて大丈夫だろうか」といった悲観がかつてはあった。しかし、ネットはあたかも社会全員のような概念で人々に理解されている。ネットで調べれば、社会の知恵に教えてもらえる、わからないことはない。ネットできけば、すべての知見を集められる、といった楽観が現在では支配的だ。

実はそうではない。大勢に自分が見られている、聞いてもらえる、という楽観的幻想を抱かせるのがネットであるけれど、実は非常に限られた少数のサークル内にしか、個人の声は届かない。例外的に、このサークルを突破して大勢が反応することもあるにはあるが、破格の魅力がある発信か、あるいは大勢から糾弾される問題発信か、のいずれかであり、どちらであっても発信者個人の人格はほぼ無視されている。

みんなとつながっているという楽観が、逆に独りになることを極度に恐れる状況を導く。ネットは大勢を味方につけているような楽観を抱かせる一方で、個人を拘束し、支配するだろう。現代人は、このがんじがらめの絆を断ち切ることができないでいる。

楽観の反動としての悲観

小さい頃から褒められて育った人は、大人になって急に、褒めてくれない周囲に怯えることになる。学校や職場で、自分は孤独なのではないかと悲観する。この観測は、実は過去の関係、家族の支援など、彼を取り巻く「楽観」の反動といえるものである。

そして、その初めての「悲観」こそが、実は現実を見つけるチャンスであり、「楽観」

の支配から抜け出す手掛かりなのであるが、悲観慣れしていないため、この寂しさの気配というプレッシャに潰されてしまう人もいるだろう。「悲観」の観測自体は正しいものなのに、である。

孤独や寂しさを感じることは、人間としてまったく正常であり、正しい現状認識といえる。本来、人間は孤独な存在である。思い描いていたほど、世の中は愛と絆で結ばれているわけではない。まずは、そのありのままの現実に目を向ける必要がある。悲観し、寂しく感じることが、人間を成長させるし、生きることへの耐性を育てる。また、美しさを知ること、本当の優しさも、この孤独から生まれるのではないか、と僕は考えている。楽観からは、けっして生まれない人間性、人間の深みというものが、そこに垣間見えるはずである。

悲観がさき、楽観はあと

ここで、もう一度確認しておく必要があるかもしれない。「楽観」がいけないのではない。人間には、楽観が必要である。夢を見る、期待する、自信を持つ、ということは、あるときは自分を援護する力になる。そのあるときとは、人事を尽くして天命を待つときだ。悲観することによって、考えられるあらゆる事態に可能なかぎり対処する。もうこれ以上はできない、というところに至ったときに、「きっと上手くいく」と願えば良い。つまり、この最後の楽観をするために、充分な悲観をしておくのである。順番として、悲観がさきで、楽観はあとなのだ。

悪い「楽観」とは、つまりは最初から楽観して、対処しなければならない対象を直視しない姿勢である。楽観をさきにすると、なにもせずに天命を待つことになる。これでは、結果が近づいてくるほど不安になり、夢も萎(しぼ)み、期待もできず、自信も生まれない。夢を膨らませるのは「悲観」であり、期待を大きくするのも「悲観」である。また、自信を育てるのも「悲観」ということになる。

自信は悲観から生まれる

「自信家」と呼ばれる人がいる。自分の能力を信じている。自分がやったことの結果にも自信を持っている。周囲は、初めは自信家を訝(いぶか)しむ。「口では大きなことを言う」「本当に実力があるのか」と懐疑的に見る。しかし、言ったとおりの結果を積み重ねていけば、しだいに周囲は信頼する。本来、こういった人を自信家という。口だけで自信家になれるのではない。それでは、単なる「楽天家」だ。

人の上に立つ役割、つまりリーダは、ある程度の自信家でなければ務まらない。部下の前では、「大丈夫だ」と微笑んでいた方が良い。周囲の実務に就く人たちに余計な心配をさせないことが、リーダの役目の一つだからである。ただ、それはリーダが事前に緻密な作戦を考え、具体的に何をすれば良いのか、部下たちに詳細な指示を出したうえでの話である。手法的なことが示されれば、部下はとにかくそれを実行すれば良い。ようするに、リーダはこの時点で既に人事を尽くしている。あとは実行あるのみの段階だから、楽観的な言葉で部下たちを鼓舞できるのだ。

本当の自信家は、極めて悲観的な思考を強いられる。部下たちの不安を払拭するために、悲観を一手に引き受けているのがリーダだからである。「責任は俺が取る」という決意を表明しなければ、部下は信頼して動いてくれないかもしれない。つまり、それだけの責任が取れるまで、リーダは「悲観」し尽くし、あらゆる事態を想定しておかなければならない。

出世願望のない若者たち

最近、企業の重役クラスの話を聞く機会が増えた。どうしてかというと、僕がそういう年齢になったので、古くからの知合いが出世しているからだ。そして、彼らの話によく登場するのが、「最近の若者はリーダになりたがらない」というもの。「出世欲がない」「人の上に立ちたがらない」「指示されればやる。しかし自分で指示はできない」といった傾向が観察されるという。

一言でいえば「リーダなんて面倒だ」という感じなのだろう。大勢の人間を動かせるような力に憧れていない。今の身分で充分。地道に働き、無理をせず、楽に生きていきたい。仕事一途（いちず）の人生は自分の好みではない。そういうことらしい。

こういった話を聞いて、「ああ、僕もそうだから」と言ってしまうことが多い。だから、僕は会社員にならなかったし、大学でも教授になるまえに辞めてしまった。運良く作家にはなれたものの、これはものの弾みであって、本来有名になることが生理的に嫌いだ。それで、作家の仕事も十年ほどまえに引退に近い幕引きをした。以来、ほとんど誰にも会わず、みんなから遠く離れた場所で細々と生きているのである。

そんな僕が語るのも変な話だが、若者がリーダになりたがらないのは、彼らの生き方が「楽観」を基本にしたものだからだろう。「今が楽しい」と満足しているから、今以上のものを望まない。このあたりは、まさに僕と同じ。僕もリーダなんてまっぴらご免だ。彼らの気持ちがよく理解できる。

ただしかし、社会に政治家は必要だし、集団にはリーダが必要である。誰かがやらなければならない。今はまだ、政治家もリーダも、やりたいという人間がいるようなので、それに関しては僕は楽観している。

楽観は表向き、悲観は内向き

おそらく今、政治家やリーダになりたいと考えている人材の大半は、楽観的な人間だろう。だから、リーダには向かない。リーダは、基本的に悲観する役割であり、悲観の能力が高い人間が適している。ところが、悲観的な人間というのは、目立ちたがらないから、自ら立候補するようなことに抵抗を感じるはずだ。

この矛盾を避ける方法は、表向きのリーダと、それを補佐する役割を分業することである。補佐する役割とは、いわゆる「参謀（さんぼう）」のような人材だ。たとえば、政治家は表向きのリーダであり、楽観的な人間がやりたがるし、適しているかもしれない。極度に楽観的な発言をすることが、彼らの主な仕事であり、そういった発言を繰り返していれば、自然に思考も楽観的になる。楽観しなければ、政治などできないのではないか、と僕は感じている。一方、参謀的な人間は、たとえば官僚である。表に出ない裏方のような仕事だが、実質的な権力を握っている。要求されるのは綿密な計画、つまり失敗をしない手法、問題点を早期に発見して、それらに対処すること、などいずれも悲観的観測が基本にある。

両者が上手く分業し、お互い協力し合えば仕事は上手くいく。しかし、この頃では、官僚であっても楽観的な人間が増えていて、トラブルが続いているようだ。

そもそも、ほとんどの人間は、楽観と悲観の両方を備えている。バランスの良い人間は、両方の能力がともに優秀で、しかも適切に切り換えられる。悲観が必要なとき、楽観が必要な場をわきまえている、ということになるだろう。古来、そういう人間が大物になり、トップに立ったのである。

ただ、僕が想像するところ、基本的に悲観的な人間が、楽観論者を装っていた、というのが大物の人物像だと思われる。何故かというと、この反対に、楽観的な人間が、悲観論者を装うことは難しいし、そうすることのメリットもないからだ。楽観は表向きに、悲観は内向きに、という基本がある。

正義を楽観する社会

人間の本質を外部から見極めることは難しい。一角(ひとかど)の人物ほど、内面は計り知れない。伝え聞くエピソードなどから、こういった性格の人だった、と想像は可能だが、それらのほとんどは、本人が単にそう装っていただけのものだ。むしろ、その本質は逆であることの方が多いと想像される。

人は、自分の欠点をカバーし、自分が望むような人物を装う。あるいは、敵対する勢力に、こんな性格だと思わせておきたい人物を装う。自分を見誤らせることが、一角の人物になる手法といっても良いだろう。

現代は、昔に比べれば、はてしなく開けっぴろげな社会だ。情報公開が原則となり、人々はクリアなもの、内面まで見通せるものを好む。計り知れない人物は、どちらかというと敬遠されるようになった。みんなの前で本音を多く語る人、丁寧に取材に応じ、言葉を惜しみなく発する人が好まれる。これでは、古来の一角の人物タイプは現れにくい。政治家なども、どんどん小粒になっているように感じられるが、時代が求めているのだとしたら、文句を言う筋合いではないのだろうか。

かつては、人から羨まれるような部分を隠すのが日本のマナーだった。金持ちのようには見えない、学歴が高いようには見えない、そう装っていた。今のように、セレブだ東大卒だとは自称しなかった。人気商売のタレントが、その種のアイテムを使って自己PRするようになったのは、つい最近のことである。現代の基本的なスタイルは、自分に良い部分があれば積極的にPRし、それをみんなも素直に受け止めてくれる、羨ましがってくれる、という非常に楽観的でストレートな思考である。

またこれとは逆に、なんらかのハンディを抱えている場合、昔はそれを隠そうとしたが、今は正直に告白する。その勇気は称えられるべきものだ、という楽観がある。現在のトラブルで悲観している人も、過去の不幸を抱える人も、カミングアウトすることで、大勢からの支持が得られるという楽観がある。また、それを聞いた大勢も、それらを素直に認め、声援を送る「正義」を楽観している。まさにそういった単純さが予定調和となっている社会といえる。

理想楽観の危うさ

本当のところは少し嫌だ、と思う人、心から肯定できない人も多いかと思われるが、公の場ではその種の言動は憚られる。調和を乱すものになるからだ。どうも、これらの「楽観」は、割れそうなガラスのドームのようなものを僕にイメージさせる。大勢が、その薄いガラス越しに中を覗いていて、素晴らしい世界がそこにある、と囁き合っているけれど、実はまだ大多数がガラスの外にいるのだ。誰かが、どこかを突いたりすれば、たちまちガラスを破壊してしまいそうな脆い構造に見えてしまう。

つまり、多くの人は「悲観」を隠している。自分が悲観的でないように振る舞って、このガラス内の理想郷の一員になろうとしている。いつかは、理想郷が実現するかもしれない。そのときまで、大勢が自身の矛盾を抱えたまま、我慢し続けることができればの話である。

さて、いかがだろうか。

本章では、現代社会がいかに楽観寄りに傾いているかを書いてきた。しかし、再度念を押しておくが、この状況が悪いわけではない。楽観したまま、このままで過ごせるならば、むしろ幸運といえるだろう、と感じるほどだ。

しかし、そのとおりになるとは、どうも考えにくい、というのが僕の「悲観」である。

次章以降で、悲観の方法、悲観の効用、などをもう少し掘り下げて書いていこう。

第3章

正面から積極的に悲観する

常識は大いなる楽観

それでは、いよいよ「悲観」のし方について説明しよう。一般的な意味での悲観とは多少違っていて、悲しくなる方向へ考えるのではなく、「AならばB」という通説、常識、思い込みなどについて、「本当にそうなのか?」「それは常に成り立つもの?」「案外、そうではない場合の方が多いのでは?」と疑うことである。「決まっていることだから、考えなくても良い」という「楽観」を打ち砕くことが目的である。

たとえば、社会全般、または特定の地域に流通している「常識」というものが存在する。「AならばBというのが常識だ」と言われる。みんながそう言っている。しかし、自分にはそれが当てはまらない場合があるかもしれない。だとしたら、あなたは非常識なのだろうか? 非常識な人間は、どうなるのか?

法律を守ることは常識だろうか。常識とは少し違っていて、ルールは守らなければならないものであり、守らないと罰則がある。罰則が嫌だったら守った方が良いもの、といえるだろう。逆に言えば、罰則が気にならない人は、法律を守る理由がないから、その人にとっては、法律は常識とはいえない？

誰かが話しかけてきたら、それに応じることは、法律で定められてはいないけれど、一般的には常識だろう。黙って応えないと、非常識な人間と見なされ、嫌な顔をされたり、その後無視されたりするかもしれない。しかし、自分は無口が好きだし、非常識な人間だと周囲に認識されてもかまわない、という人にとっては、黙っていることは悪事ではないし、人に迷惑をかけているわけでもない、つまりごく普通の対応だ、と考えることができるだろう。

実際、こういう人はいる。僕も何人か知っている。大勢の人には受け入れがたい人格であり、たぶん普通の会社にいたら排除されてしまうだろう（それ以前に就職できない）。でも、その人は数学ができて、式を操らせたら凄い。非常に緻密な思考が得意だ。僕が適当に考えたものを彼に渡すと、黙って受け取ったあと、次の日くらいに、黙ってそれを返してくれる。そして、計算ミスや、式展開の不備が的確に指摘されているのだ。こうなると、僕にとっては彼は大変有能で「使える人」という認識になる。挨拶もしないし、普通の会話はできないが、そんなことにはさほど価値はない。社会では、そういったさほど価値のないもので人を評価しているので、「常識人」というものにも、さほど価値がない、と見ることも可能だ。

僕自身は、彼ほど常識離れはしていないつもりだ。馬鹿馬鹿しいとは思っても、周囲の人たちに合わせることはある。挨拶もする。社会では、そういうことが重要視されていることも理解している。ただ、それがすべてではない、と考えているだけだ。

常識を覆す発想は悲観から

変な例を挙げてしまったが、常識を楽観的に信じれば、挨拶をしない奴は排除される。挨拶をすることで、仲間意識が生まれるわけでもない。ただ、敵でないことを装うだけだ。実際、挨拶ができる殺人者もいるし、善人を装った窃盗犯も多い。詐欺などは、常識的な武装をして人を騙す犯罪といえる。

僕は、常識を「悲観」している人間だから、挨拶に取り立てて価値を見出さない。人の評価とは切り離して考えている。だから、さきほどの彼のような人材に接することができ、その恩恵を受けることができる。仲良くなったわけではないが、仕事をしていれば信頼関係のようなものは築ける、と思っている。

　つまり、常識を信じないことで得られるメリットがある、という話をしているのだ。おそらく、成功者や天才の伝記などで、常識を覆す発想が時代を変えた、というようなストーリィを一度は読んだり聞いたりされていることだろう。最初は周囲の誰もが相手にしてくれなかった。しかし、道理からして自分が正しいと考え、それを貫き通した、といったサクセス・ストーリィだ。これらは、一般の常識なるものが、その程度のものだということを物語っている。すなわち、確固たる道理があるわけではなく、単に長い間に大勢が疑わなくなったこと、考えなくなってしまったことなのである。

　考えたくないから、いちいち判断をしたくないから、これらの「お決まり」が蔓延るようになる。必然的に、考える人は、えてしてそれらにぶつかり、覆すことになる。その中から、誰も発想しなかったような新しい価値が生まれてくる。最近流行のイノベーションである。

考えることの重要性

なんでもかんでも疑えば良いのか、といえば、半分はそうでもないが、半分はそのとおりだ。そうでもないというのは、すべてを疑っていたら、きりがないからである。あまりにも対象が多すぎる。さらに、疑ったもののうち、ほんの一部しか疑う価値のあるものは見つからない。疑えば、疑問が生じる。その疑問には、自身で答を出すしかない。周りの考えない人たちは相手にしてくれないからだ。その答が価値のあるものかどうかについても、自身で検証するしかない。

このように、「悲観」によって物事を疑い、問題を見つけ、それを自分なりに解釈するのは、けっこう面倒なことなのである。

考えることは、考える習慣がない人には、もうそれだけで重労働だ。しかし、頭は使えば使うほど回るようになる。この点では、運動と同じで、躰(からだ)を慣らすことがまず必要だろう。そして、躰以上に頭の回転には個人差がある。

人間の肉体的な差というのは、それほど大きくない。足が速い遅いの差は、せいぜい数倍だろう。これに比べて、頭の回転数のようなものは、何十倍も何百倍も違うように見受けられる。というのは、そもそも大勢の人がほとんど頭を回していないからだ。本来頭脳が持っている能力を使っていない。

学校に通っている年齢ならば、大人よりも数倍頭を働かせているにちがいない。さらに、幼稚園児やそれ以下の赤ん坊になると、もっと頭を回している。その証拠に、小さい子供はごく短期間のうちに、レッスンも受けていないのに言葉をしゃべり、文法も習っていないのに文脈を理解するようになる。

それほど考えていない大人でも、たとえば知合いの顔を識別できるだろう。顔を認識し、個人を識別することは、コンピュータでもつい最近になって実現した技術であり、大変な計算容量が必要な作業だが、人間はこれを子供のうちにマスタしてしまう。もっとも、年齢が上がってくると、若いアイドルの見分けがつかない、という人が増えてくるが、これはそのとおり、思考力が衰えているからだ。

考えることをやめるのが楽観

成人するまでに、多くの人は勉強をする。広い分野の知識を頭に入れる。このような基礎的な知識が、物事を考えるための材料となり、また考えるほど、その能力も高まる。こういった総合的な能力によって、社会で観察されることを分析し、多くの人が考えなくなった常識などに疑問を抱くことができるようになる。また疑問を抱けば、それに関する新たな情報にアクセスし、頭の中のデータはさらに増え続ける。

若いときにこれだけ準備をして社会に出るのだが、どういうわけか、大人になると仕事の効率が優先され、周囲に合わせる、指示に従う、といった「反応」をするだけの人間になってしまう場合がとても多い。「もう勉強しなくて良い」という解放感からなのか、考えないようになる。面倒なことからは「卒業」してしまうのだ。

大まかにいうと、これが「楽観」の始まりである。つまり、「自分はもう大人になって仕事に就いた。あとは、仕事で失敗しないように気をつけていれば生きていける」という楽観である。仕事を覚えるまでは、多少頭を使うけれど、それも中年になった頃には、だいたいわかってくる。あとは恙(つつが)なく役目を果たすだけ、言われたことを実行するだけ、となる。

一度考えることをやめてしまうと、頭は鈍ってくる。考えるのがますます億劫(おっくう)になるから、復帰が難しい。そうなるまえに、日頃からジョギングをするような心構えで、できるかぎり頭を使うことをおすすめする。

考えることのすすめ

では、どうすれば頭を使えるのか。頭を使わない人は、こういう質問をする。これ自体が、頭を使っていない証拠といえる。どうやったら頭が使えるか、とまず考えてみてはいかがか、とお答えするしかない。

頭を使う最も簡単な方法は、本を読むことだが、しかし、文字を読むだけでは、頭は回っていない。条件反射のように、目が文章を追っているだけだ。特に物語は、ドラマを見ているのと同じで、ただ流れる映像を目が追っているというだけである。また、ノンフィクションを読んでも、ただ知識が頭の中に飛び込んできて、それをしばらく記憶するだけのこと。これでは単なる「学習」である。

考えることは、学ぶこととは違う。大違いである。たとえば、学校で授業を受けているとき、頭を使っているだろうか。ぼうっと聞いているだけでは、頭は働いていない。

教えてもらったことを覚えるのも、頭を使ったことにはならない。

学校で一番頭を使うのはテストのときだろう。目の前にある問題を解釈し、頭の中にある材料でそれに答えなければならない。特に、算数や数学の問題では、頭の中にある材料を出すだけでは答にならない。その場でなにか展開し、計算する必要がある。これは、なにかを作るような作業に近い。数学の解答というのは、入れたものをただ出すのではなく、その場で作るものなのである。

この頭がなにかを作り出す、あるいは組み立てるという行為が、「考える」の本来の意味であるから、数学のテストが頭のジョギングに適したエクササイズといえる。若いときに算数や数学を習うのは、頭の運動のし方を覚えるためだったのだ。これができるようになると、もっと難しい問題、自分の役に立つ問題を解決できる力がつく。

したがって、本を読むときにも、そこに問題を見つけて、自分なりに解いてみることが、考える頭を育てるトレーニングになる。問題を見つけること自体が、既に考える行為であるけれど、これがまったくできない人もいるかもしれない。そういう人は、問題集、つまりドリルのような本を読んで、順番に解いていくしかない。

答えるよりも問うこと

問題が与えられて、それを解く行為は、問題を見つけるよりも、思考力がいらない。考えることが決まっているから、簡単な処理になる。それでも、少しは頭を使うことになるので無駄ではない。無駄ではないから、子供たちにそれをやらせているのである。

算数や数学はどうしても嫌だ、という半分固まってしまった頭をお持ちの方は、作文をおすすめする。本を読むだけでは意味がない。文章を書くことで、多少は頭を回転させることになる。しかも、日記などの日常を書き記すものではなく、「日本について」とか「文化について」といった抽象的なテーマで、最低でも二千文字程度を毎日書くようなトレーニングをする。このとき、調べものをしてはいけない。自分の頭の中にある材料だけで作り出すことが「考える」ことだからだ。

だが結局、多くの人は歳を重ねるうちに考えることが面倒になり、敷かれたレールに乗って、周りの流れに逆らわないことだけに注意を払うようになる。ここまで生きてこられたのだから、あとは惰性でこのまま行けるはずだ、という大いなる「楽観」に支配されている状態である。

それでも、ときどき「ちょっと、これはどうなのか？」という引っかかりが訪れるはずだ。人間関係の問題や、職場での釈然としない出来事に溜息をつくとき、あるいは流れに乗っているだけの虚しさみたいなものを感じたときなどである。または、楽しそうな趣味を持った人、冒険的なチャレンジを続けている人を見たときに、つい自分の現状と比べてしまう。これまでは子供のために尽くしてきたし、家族のために一所懸命働いてきたのだが、なにかの切っ掛けでふと孤独を感じたときに、なんとなく、湧き上がってくる寂しさのようなものがある。子供の頃を思い出し、そういえばこんな夢を持っていたな、と振り返る。そんなときに、「このままで良いのか？」という小さな「悲観」が生まれることがある。

「いや、こんなことを考えてはいけない」と首をふり、さらに「楽観」を続けるのか否か……。流れに乗ったつもりでも、ときどき訪れる、ちょっとした違和感が、実は「考える」チャンスなのである。

悲観は生き残りの術

人間は、ある程度悲観したときに考える習性があるようだ。というよりも、もともとなんらかの危険が予想されるような事態を、なんとか避ける方法はないだろうか、と考えるようになった。すなわち、心配が思考の起源なのではないだろうか。そういった科学的証拠があるとは思えないが、動物などを見ていると、危険を察知したときの反応が著しく早い。生存するためには、悲観は最優先なのである。

もちろん、現在の人間は野生であった時代よりも安全な環境にいる。国家、社会、集団、あるいはネットワーク、家、部屋といった数々のシールドで守られている。既に述べたように、集団を形成した理由は、より安全なシステムを構築するためだった。

今の人類には、事実上外敵というものは存在しない。強いて挙げるとすれば、人間の外敵は人間だ。また、社会の中での競争がある。熾烈であるか緩やかであるか、人それぞれであるけれど、集団の中で認められることにも競争があり、常に「立場」や「権力」といったものを奪い合っている、と見ることもできる。

もし、孤島でただ独り生活をしているなら、せいぜい自然災害の心配をする程度である。しかし、現代社会で生きていくためには、仕事をし、人間関係を築き、家族や仲間と支え合い、多方面に細やかな配慮が必要になる。少なからず複雑な環境といえるだろう。

有利な立場を得た人、あるいは強い権力を握った人、つまりこの社会での成功者は、平均的な大勢の中から、どのようにして抜け出したのだろうか。

これは、古来まったく変わっていない。未来を見通し、人よりも早く的確に行動すること、そしてより多くの他者に認められることだろう。こうして、独りのときよりも、はるかに強大な力を持つことができる。

観察と分析

未来を見通すには、何が必要か。

簡単にいえば、観察と分析、そして理屈の構築である。観察はインプット、分析は処理、理屈の構築は思考によるアウトプットである。そして、その理屈を構築していくうえで重要なのは、できるだけ多数の可能性を検討し、そういった想定に基づいた対処を実施することである。

抽象的すぎてわかりにくいかもしれないので、若者向けの例として大学受験を取り上げよう。

まず観察である。たとえば模擬試験を受けることで、大勢の中で自分の学力がどの程度かが測定できる。測定した結果は、各種の条件によって分析される。模試の時期が早ければ、自分の今後の伸びが見込めるかもしれない。こういった観察結果から、どこに力を入れよう、といった戦略が生まれるが、それを実施した結果が、次の模擬試験の成績などから観察できるので、将来的にどれくらい自分が成長できるかという分析の精度を上げることができる。

同時に、自分以外の人たちがどう変化するのかも考えなければならない。模擬試験を受けているのが、現役の高校生なのか浪人生なのかによって、成績の伸び方が違う。自分が一浪しているなら、現役生に追い上げられる可能性が高い。自分がどの程度勉強し、どれくらい時間を使っているか、またどれくらいそれを増やすことができるか、といったことも考慮しなければならない。

受験する大学によっても、戦略が異なってくる。通常は自分の学力に適した進路を選ぶものだが、場合によっては、それ以前に目指す志望校が決まっていたり、将来の職業として夢があったりするだろう。このあたりは、自分の希望だけではない。家族の期待も影響する。高校や予備校の指導もあるだろう。

さて、そういったことならば、誰でもそれなりに考える。考えられない場合でも、周囲が考えてくれるだろう。今どきは、高校も塾も予備校も、指導をしてくれるから、言うなりの人も多いのではないかと想像する。また、身近な友人たちの手前、見栄えのする目標を立てるなど、周囲に対するプライドも影響要因となる。

悲観する人ほど想定どおりになる

楽観的な人は、勉強さえすればもっと上の大学を目指せるはずだ、と考える。それくらいの意気込みが必要だと信じている人も多い。しかし、模擬試験の結果はかなり客観的なものであり、その判定の意味は大きい。少しくらいの勉強ではなかなかどんでん返しとはなりにくいのが実情である。判定というのは、合格率のような確率で示されているが、その数字に対して、「二十パーセントだったら、まんざら無理でもないのだ」と楽観する人もいれば、「六十パーセントでは危ないから諦めよう」と悲観する人だっている。前者はそのままチャレンジし、後者は志望校のランクを下げて臨むことになり、結果的に前者は不合格、後者は合格となりやすい。すなわち、楽観的な人間ほど失敗し、悲観的な人間ほど想定どおりになる、ということは数学的に明らかである。

では、受験生は自分の能力を悲観し、受かりそうな大学を受ければ良いのか、と誤解されるかもしれない。ここまで書いてきたことは、あまりに漠然とした、一般的な傾向についてであり、現実はもっとシビアで、もっと多種の要因が絡んでくる。それらを総合的に判断するのは、十代の若者には難しいかもしれないが、しかし、社会で求められる能力とは、結局はこのような総合判断力だと考えてもらえば良い。だから、自分は試されているのだ、という意識をもって自分なりに判断をする。それが、将来必ず活きる。

悲観して備える姿勢

僕は大学生のときに、アルバイトで何人かの小学生、中学生、高校生の家庭教師をした。一番長い子は、小学生から高校生まで六年間続いた。大学四年間と大学院修士課程二年間の合わせて六年間、バイトができたからだ。残念ながら、そのあと僕は就職をして、遠いところへ引っ越した。バイトが終了したのは、その教え子が高校一年生のときだった。

今の予備校のように、受験を想定した訓練をしたことはない。ただ、二時間ずっと勉強につき合い、わからない場合はヒントを出し、間違えた場合は、何故間違えたのかを一緒に考えた。自分がどんな弱点を持っているかを意識させることが、一番大事だと思ったからだ。

受験に臨むときには、まず半年以上まえに歯医者に行き、虫歯を治しておくことを指示した。これを聞いた親御さんは驚いたらしく、僕に理由をききにきた。べつにこれといって理由はない。ただ、それくらい用意周到、微に入り細をうがって考え、手を打っておくこと。つまりは、「心構え」のようなつもりで言ったことだった。

もし受験の時期に、歯が痛くなってしまったら、と想像すること、それが「悲観」である。その想像が自分でできれば、それは素晴らしい冷静さであるが、子供には少々無理だろうから、やはり周囲が注意をしている必要があるだろう。大事なことは、悲観による対処はもちろん、そういった想定ができる冷静さ、そして余裕である。

プロは回り道を選ぶ

まったく別の例を挙げよう。

僕は工作が大好きで、特に機関車や飛行機などの模型をよく作る。完成したもので遊ぶよりも、それらを作っているプロセスが面白い。こういった工作をしていて、よく感じることは、なかなか自分の思いどおりには作れない、技術的な未熟さである。どうすればもっと上手く作れるのか、ということで、その分野の本を読むことになる。本を書いたのは、当該分野のカリスマ的な達人たちであり、彼らの作品は雑誌などでもよく取り上げられている。そういった作品と比べて、自分は失敗が多い。不器用すぎるのではないか、と悩むことしきりである。

何冊もこの種の本を読んだ。そこに共通しているプロの技法とは、どんなものか。それは、アイデアとか道具とかではなく、とにかく回りくどい、面倒な手法だということだった。精確な工作をするためには、一か八かの手法はけっして採用しない。たとえば、ドリルで所定の位置に穴をあけるだけの作業でも、ノギスを使って精確に罫書き線を入れ、これにポンチを打ってドリルの刃のガイドとする、といったプロセスである。さらには、ポンチを打つのにも、専用の道具をわざわざ作る。

「ジグ（「治具」とも書く）」と呼ばれる補助具が、工作には頻繁に登場する。これは、同じ作業を繰り返すときに使われる、その工程専用の補助具であるが、プロは、たった一回の使用であっても、ジグを作る。そのジグを作るための補助具を作ることも珍しくない。鉄道模型で世界的なモデラである平岡幸三氏は、「アマチュアは、プロでも失敗するかもしれない難しい手法で作ろうとするが、プロは、誰がやっても絶対に失敗しない確実な方法で作る」とおっしゃっていた。

実際、精度が要求され、失敗が許されない工程では、僕もこの教えに従って、時間をかけてジグを作るようになった。準備に長い時間がかかるものの、本番はあっけないほど簡単に作業が終わり、期待したとおりの結果が得られる。

ただ、僕はプロではないので、普段はそこまで厳密な手法を採用していない。失敗覚悟でチャレンジすることも多い。そして、覚悟したとおり、相変らず失敗ばかりしているのである。

時間的余裕の大切さ

諺でいうと、これは「急がば回れ」だろうか。失敗すれば、材料に無駄を出すことで、時間以外に、費用も余計にかかる。失敗が許されない場面では、どんな失敗もしない安全な道を選択することが重要である。

そもそも、僕がそんな悠長なアマチュアの方法に甘んじていられるのは、今の僕には時間も資金もまあまあ余裕があるからである。失敗しても笑えるから、失敗するのだ。僕はそれで良いと思っているけれど、これが仕事だったら大打撃である。

「急がば回れ」が教えてくれるもう一つの教訓は、時間的余裕を持て、ということだろう。安全な道は、一か八かの道に比べると、時間を要することが多いから、その時間を見込む必要がある。

まず「急ぐ」ような事態になるな、ということが重要だろう。プロの作業を見ているとわかるが、絶対に急がない。プロほど、時間の計算ができるから、慌てるような事態にならない。アマチュアは、なんらかの〆切があれば、直前になって大騒動になる。プロはコンスタントに仕事を進め、徹夜などしない。そういったペースの仕事が最も安全で、最も効率が良く、出来上がりの品質も高くなるからである。

このように時間に余裕を見るのも、「トラブルは起こるものだ」という悲観からである。「上手くいけば間に合う」といった作業をするのがアマチュアであり、二流の仕事人だとほぼ断言できる。僕の周辺を観察しても、例外はない。

想定しているから冷静になれる

僕自身、かなり悲観的に物事を考える人間で、なんでも事前に可能なかぎり準備をするように心掛けている。僕の周辺の人たちは、僕のことを冷静な人物だと見ているようだけれど、冷静なのではなく、神経質で心配性だから事前に考え、あらゆるケースについて想像しておく。だから、たいていのことが想定内になるだけの話だ。

僕は、人前で怒ったりしない。怒鳴ったりしたこともない。大学で指導している学生に対しても、強い言葉で叱ったことは一度もない。授業でも、まったく同じだ。しかし、これは感情が安定しているからではない。事前に考えて、腹が立つ場合なら事前に腹を立てる。相手が言うことも想像し、事前に頭に来て、言い返す言葉まで考えておく。だから、実際にそのとおりになっても、顔色が変わらない、ということだと思う。

悲しいことについても同じだ。事前に想定し、充分に悲しんでおくことができる。ただ、楽しいことはあまり想定しない。その場で楽しく感じれば良いし、対処をしておく必要もないからだ。

起こりうるケースを想像しておくとき、悲観的な人間であれば、悪いケースから思い描く。だから、まずそうならないように対処し、そのうえで、なってしまったときにどうするのかを考えておく。ここが大事な点で、対処には、この両者が必要である。防ぐための対処をしても、確率が下がっただけのことで、絶対に起きないわけではない。

安全係数の考え方

悪いケースから優先的に対応するのも合理的だ。悲観した順であるから、素直にそのまま対処すれば良い。この想定には、不確定なものを危険側に見積もっておくことが必要である。五十パーセントの確率で起こりそうな悪い事態は、七十パーセントの確率だ、と自分に言い聞かせておく。逆に、良い事態については、確率を低く見積もる。

このような数の割増しや割引きを、工学では「安全係数」と呼んでいる。たとえば、十トンが想定される最大の力だとしたら、十二トンでも壊れないように設計しておく。この二十パーセントの加算が、安全に見積もった程度になる。当然ながら、不確かな要素が増えるほど、安全係数は高くなる。あらゆるものがばらついているから、それぞれに安全係数がかかれば、全体として大きな余裕を見込むことになる。

ほとんどの工業製品、人工物は、このように定められた設計方法で作られるのだが、それでも事故の発生を完全に封じることはできない。多くの場合、悪い条件が重なって、安全係数で想定したものを超えてしまうからだ。

ではもっと余裕を見れば良いではないか、と考えられると思うが、安全にするほど、費用が余分にかかる。つまり、どこまでも安全にできるが、そこまで費用をかけられない、という実情がある。世の中に存在するものは、この兼ね合いでできているのである。

メーカが生産する商品には、安全基準がある。消費者が間違った利用をした場合に危険がないか、という観点でデザインされ、またそういった注意書きを表示することが義務づけられている。これらの基準は、時代とともに厳しくなっているが、それは、大衆が自身に及ぶ危険に対して鈍感になっている証拠ともいえる。

悲観にデメリットはない

現在の生活環境は、昔に比べて格段に危険が排除されている。家の中で火が燃えるようなことも少なくなった。火災報知器なども普及している。子供たちは、鉛筆を削るためにナイフを使わなくなった。学校の送り迎えも大人が見張るようになっている。

「世知辛い世の中だ」という声は、どの時代でも聞くことができる。いかにも、昔は長閑で良かったように語られるけれど、どこを見ても、どんな統計を調べても、昔よりも今の方が安全性は高まっている。世知辛いように見えるのは、危険を煽るマスコミによって、大衆が「悲観」するためだが、これが安全の普及につながっているのだから、危険を煽ることを非難するのも筋違いだろう。どちらかというと、あまりにも過保護な環境なのではないか、といった逆方向の「悲観」もしばしば登場する。それもまた、悪いとはいえない。

つまり、「悲観」には大きなデメリットはなく、安全や自由などを実現するために必要な、前向きな姿勢だといえる。また、「悲観」によるデメリットも、同じく「悲観」によって制御可能だ、ということである。

したがって、どんなプロジェクトであれ、物事を実現し、思いどおりの結果を得るためには、最初から大いに「悲観」すること、真正面から悲観して臨むことが重要である。つい、悲観するのはいけないことではないか、と尻込みする人もいるかもしれないが、そんな必要はまったくない、と断言しておこう。

悲観がマイナスイメージの理由

「悲観」にマイナスの印象を抱く傾向は、たしかにある。たとえば、「神経質」だという評価を受けたり、「水を差すな」などと言われたりする。「悲観」がこのような否定的な評価を受けるのは、そもそも集団が「楽観」の空気によって結束しようとしているからだ。「このままではまずいのではないか」と指摘しても、「みんなで一所懸命頑張ろうとしているのに、どうしてそういう後ろ向きなことを言うのか？」と排除される。疑ってはいけない、後ろを見るな、ただ力を合わせて頑張れば良い、という精神論である。

これは、神輿(みこし)を担いで熱狂する祭のような手法といえる。集団陶酔というか、酒に酔っている状態、あるいは一種の洗脳のような操作である。「みんなで力を合わせて」という綺麗な言葉だけで進もうとしているからこそ、冷静に理屈をぶつけてくる悲観的発言を嫌うのだ。独裁者が国民を煽動(せんどう)しようとするときにも、ほぼ同じ現象が観察できる。ちょっとした非難を見逃さず、圧倒的な統制を振(ふ)り翳(かざ)す。異分子を徹底的に排除する。

かつて日本は、大勢が危険な兆候に気づかず、破滅へと突進してしまった。その大きな失敗に懲(こ)りて、水を差すような発言が、社会の冷静さを維持するためにも重要なものだと人々は気づいた。この見地から、言論の自由などが憲法に定められたのである。つまり、みんなが一斉に動こうとしているときであっても、誰かがブレーキ役になることが、グループの安全性を高めるということだ。「悲観」は、非難される行為ではない。誠実に「悲観」し、みんなの役に立っていると自負してもらいたい。

悲観的意見に対する誤解

ところで、「悲観」したからといって、相手の判断やグループの動向に反対しているわけではない、という場合も多い。そこを勘違いされる。

またも卑近な例で申し訳ないが、僕の奥様（若い頃に苦労をかけたため、あえて敬称）が、「これを買いたい」と言ってきたとき、たいてい僕は、それに対して否定的な感想を述べる。得られるメリットに対してコストが高くないか、これに似た機能のものが既にあるのではないか、べつに今すぐに買わなくても良いのでは、ほかのメーカの品と比較をしたのか、などである。僕にしてみれば、買うことに反対しているつもりはなく、むしろ彼女のそのプロジェクトを支援しているつもりなのだ。どうせ買うならば、しっかりと吟味し、良いものを選んだ方が良い、という姿勢である。「なんでも好きに買いなさい」と言えるほど金持ちでもないし、またそれでは無関心で失礼に当たるだろう。わざわざ相談してきたのだから、できるかぎり僕が持っている知見を活かして、バックアップしよう、と考えている。しかし、奥様は僕の意見を聞いて、「反対された」と思うらしい。そういった行き違いが何度かあった。

あるとき、「あのとき反対された」と彼女が言ったので、「反対したわけではない」と立場を詳細に説明した。そのとき、思いつきだが、最後にこう言ってしまった。「反対されたと認識した場合でも、反対されても私は買いたい、と強い願望を表明してくれれば、その気持ちが伝わる。ただ買いたいだけでは、どれくらいの気持ちなのかわからないから」と。その後、奥様は、気持ちを大袈裟に表明するようになり、気持ちさえ強ければ買えるのだ、と学習されたようだった。

このように、アドバイスや応援のつもりで話しても、「本当にそうなの？」と疑問を投げかけるだけで、否定されたと受け取る人は多いようだ。これ自体が、空気の支配下にある日本人の文化かもしれない。

この誤解を避けるためには、最初に「買うことには賛成だけれど……」というように、立場を明確に示すことが有効かもしれない。「念のための確認だけれど……」といったような言葉は、たしかに会議などでよく用いられるが、あまりにも頻出するので、単なる枕詞として聞き流されている可能性もある。

疑問視することの価値

当然ながら、賛成していない立場の場合もある。反対とまではいかないが、疑問を投げかけて、それに対する返答によっては、反対するかもしれない。多くの場合、相手がどこまで考えているのか、という真剣さを探る目的の質問になるだろう。

日頃から「悲観」の習慣がある人は、有意義な疑問を投げかけてくれるから、本来、とてもありがたい、力強い援護だ、と認識しても良いくらいだ。多くの場合、プロジェクトを立案した本人は、希望に溢れ、一種の興奮状態にあるためか、マイナス面に気づかないことがある。みんなが賛成してくれる素晴らしい計画だ、と楽観してしまいがちなのだ。

どのような欠点があるかは、違う視点から眺めないとわかりにくい。反対する人というのは、反対する材料を探し、そういった批判的な目で最初から見る。したがって、その批判的な視点から、どんな反対意見が出るのか、と想像しなければ、会議のときに咄嗟に答えられず、立ち往生してしまう。だから、事前にそういった悲観をしてくれる仲間は、非常に心強い。水を差して冷静さを取り戻させてくれるのだ。

ただ、「悲観」の指摘を理解してくれるほどものわかりの良い人であれば、もともと「悲観」する能力を持っているだろう。多くの人は、いちゃもんをつけられた、とカッとなってしまい、言葉の内容を頭に入れない。感情による理性の遮断である。こういった感情的な人ほど、「楽観」側の思考をする人が多く、有効な議論は成り立ちにくいといえる。

「悲観」側の人は、自分の意見が聞き入れられないことまで悲観して覚悟しているから、無理に主張しないだろう。すると、ただいちゃもんをつけただけで終わることになり、悲観的アドバイスをした人の評価は下がるばかりである。べつに評価が下がっても気にならない、というのも「悲観」側の人間にありがちなスタイルである。

このあたりは、非常に複雑な問題といえる。どうせ聞き入れられないとわかっているなら、言わない方が得策だろうか。だが、将来的に結果が表れて、「あいつの言っていたとおりになった」と判明して、のちのち評価されることだってあるし、また、聞き入れられなくても、ブレーキをかける人間がいると認識される効果もあるから、「楽観」側であっても以後は多少は慎重になるかもしれない。

「悲観」のし方は、物事を疑うこと、よく考えることが基本であり、自分の見方、考え方で自由に悲観すれば良い。なんの制約もない。しかし、それを人に伝達する段階では、表現に注意をした方が良いだろう。相手がどんな人物で、どんな立場にあるのか、を考慮する必要がある。自身がどう評価されるかも想定しておかなければならない。これくらいは悲観してほしい。

悲観の手法

ここでもう一度、「悲観」のし方について整理してみよう。大事な姿勢を箇条書きにした。

一、AならばBといった決まりごとが絶対ではない、と疑う。
二、こうだと言い切るような発言に対して、例外を探す。
三、見込める効果を小さめに評価し、それでも全体が成立するか検討する。
四、多数意見を鵜呑みにしない。

五、都合の悪い事態ほど優先して考える。
六、できるだけ多数の視点に立って考える。
七、自分の説明が相手に理解されないことを考慮しておく。
八、周囲からの評価を期待しない。

これらは、抽象すれば、「疑う」と「余裕を見る」の二点になる。疑うから余裕を見るのであり、「悲観」という操作の始まりと終わりともいえる。

理屈を求める

では、「疑う」について、もう少し掘り下げて考えてみよう。

疑い方というものは、明確な定義や区別が難しいが、つまりは、「言葉で流してしまわず、基本的な原理にまで遡る」行為だといえるだろう。疑うのは理屈を求めるためであり、理屈を知ることで、疑う行為の成果が得られる。

この「理屈」とは何だろう？

世間に流布している理屈には、言葉だけのものもあって、多くの人がこれが理屈だと勘違いしている。「どうして飛行機は飛べるのか?」という疑問に対して、「飛ぶから飛行機と呼ぶのだ」という理屈を言う人がいるが、これは明らかに屁理屈である。何故なら、「鳥は飛ぶが、飛行機ではない」という反例が存在する。反例というのは、一つ示せば充分である。

「飛行機は、翼があるから飛べる」というのは、多少は理屈っぽい。翼が飛ぶために使われていることは、誰もが観察できるからだ。鳥にも翼がある。しかし、翼があっても飛べない鳥も多い。ここまでが、言葉による理屈だ。そうではなく、実際に万人を納得させる理屈は、もっと科学的なものになる。力学や空気力学が、飛行機が飛べる理屈になる。一般の方には、少し難しすぎる。けれども、「疑う」とは、つまりここまで追究することなのだ。

犯罪の容疑者を逮捕し、裁判で有罪にするためには、科学的な証拠が要求される。本人が「自分がやりました」とすべて認めても、それは証拠にはならない。科学的に立証されなければ無罪である。言葉だけでは、理屈にはならないからだ。

郵 便 は が き

料金受取人払郵便

代々木局承認

6948

差出有効期間
2020年11月9日
まで

1 5 1 8 7 9 0

203

東京都渋谷区千駄ヶ谷 4-9-7

(株) 幻 冬 舎

書籍編集部宛

1518790203

ご住所 〒 都・道 府・県	
	フリガナ お名前
メール	

インターネットでも回答を受け付けております
http://www.gentosha.co.jp/e/

裏面のご感想を広告等、書籍の PR に使わせていただく場合がございます。

幻冬舎より、著者に関する新しいお知らせ・小社および関連会社、広告主からのご案内を送付することがあります。不要の場合は右の欄にレ印をご記入ください。 不要 □

本書をお買い上げいただき、誠にありがとうございました。
質問にお答えいただけたら幸いです。

◎ご購入いただいた本のタイトルをご記入ください。

『　　　　　　　　　　　　　　　　　　　　　』

★著者へのメッセージ、または本書のご感想をお書きください。

●本書をお求めになった動機は？
①著者が好きだから　②タイトルにひかれて　③テーマにひかれて
④カバーにひかれて　⑤帯のコピーにひかれて　⑥新聞で見て
⑦インターネットで知って　⑧売れてるから／話題だから
⑨役に立ちそうだから

生年月日	西暦　　　年　　月　　日（　　歳）男・女			
ご職業	①学生	②教員・研究職	③公務員	④農林漁業
	⑤専門・技術職	⑥自由業	⑦自営業	⑧会社役員
	⑨会社員	⑩専業主夫・主婦	⑪パート・アルバイト	
	⑫無職	⑬その他（　　　　　　　）		

このハガキは差出有効期間を過ぎても料金受取人払でお送りいただけます。

ご記入いただきました個人情報については、許可なく他の目的で使用することはありません。ご協力ありがとうございました。

論理的な納得を目指す

日本の国会のやり取りなどを見ていて、「誰が見たって怪しいじゃないですか。疑われているんですよ。その点はどうお考えなのですか？」といった質問をしていたのを聞いたが、理屈がまったくないという点において、単なる愚問である。「怪しい」とは個人の観察だし、みんなが疑っていることも、それぞれの主観であり、それが多数であっても意味はない。さらに、本人の主観を尋ねているが、そのような感想は、真実の追求には役立たない。

理屈がなければ、立証はできないし、相手を納得させることもできない。「私が納得できるよう説明して下さい」などと要求しているのも見かけるが、そのまえに自分の疑問の根拠を説明する必要がある。

このようなパフォーマンス的議論は、いかにも、「楽観」に支配された人たちにありがちな言動といえる。少なくとも、国会の審議の多くは、非論理的な応酬であるから、教育上、子供には見せない方がよろしい、と僕は思っている。

第4章 冷静な対処は悲観から生まれる

冷静とはどんな状態か

「悲観」によって、起こりうる災難やエラーを事前にイメージしておくことで、余裕が生まれ、冷静になれる、と前章までで述べてきた。本章では、この冷静さについて、さらに考察してみたい。

「冷静」とはどういう状態なのか。これは、「落ち着いている」という言葉が示すように、気持ちがどっしりと安定している様子であり、感情的な反応をしない状態として観測される。

感情というのは、精神の直接的な反応であるから、理性によってコントロールするには経験を積む必要がある。たとえば、びっくりするような事象に突然遭遇したら、普通は冷静ではいられない。特に、それが初めてのものだったらなおさらである。しかし、同じ現象が二回めであれば、それほど驚かなくなるし、回数が増えるほど、驚かなくなるだろう。びっくり箱で、びっくりするのは最初だけだ。箱から飛び出すものが何かわからないからびっくりする。未経験や未知に対して、人間は過剰に反応する。これは本能であって、危険を回避するために最優先の条件反射である。びっくりしなかったら、咄嗟の反応が遅れて、危険な目に遭うかもしれない。

つまり、二度め、三度めと慣れてしまえば驚かなくなるのだから、事前にそれを想定して経験しておけば、冷静でいられる道理である。したがって、起こりうる事態をあらかじめ詳細にイメージしておき、仮想的に体験しておけば、それが現実に訪れたときに、驚いたり、感情的な反応を表に出さないでいられる。これが「冷静」ということである。

このように「冷静」とは、持って生まれた性格ではない。しかし、幼い頃からどっしりとして動じない子だった、という場合はどうなのか。それは、ただ感覚が鈍い、あるいは他事を考えていて上の空、というだけのことだろう。

冷静であることの有利さ

何が起こるのかを予測すること、いつそれがやってくるかを想像しておくこと、それが「冷静」な状態を作るためには必須であり、その予測や想像には、「悲観」が不可欠となる。なにしろ、予測・想像すべきものは、好ましくない事態だからだ。

では、何故「冷静」が必要なのか？

驚かないだけが「冷静」ではない。あの人はいつも冷静だ、と評価されるのは、不測の事態に際して、慌てずに的確な指示ができる、といったように、判断や行動が伴うからだ。これも、「悲観」によってあらかじめ用意しておいた対処をしていることが多い。具体的に決めていなくても、もしこのようなトラブルが起こったら、あれを最優先しよう、といったぼんやりとした方針が決まっていれば、その場での判断が早くなるはずである。逆に、あまりに具体的な対策を決めておくと、そのときの条件によっては不具合が生じるかもしれない。条件が異なるときは、臨機応変な対応が要求されるが、大まかな方針が決まっていて、また事態に対する心の準備ができていれば、的確な対応が可能だろう。

トラブルは自然が起こす

防災訓練というものが、世間では実施されている。これは、災害が発生したときにパニックにならない冷静さを養うためのものであり、具体的に何をするのか、どこへどう避難するのか、といったことは二の次にされていると考えて良い。そういったことは、現実の災害では役に立たないことも多いからだ。

たとえば、地震時の避難訓練をしておいても、大雪のときや、洪水のときに地震が発生するかもしれない。そういった想定をしているだろうか？　確率的に、災害が重なることは起こりにくいとはいえ、可能性はゼロではない。

このような訓練を開催する側は、悲観的に想定し、災害が起こることを、世間の人々に意識させようとしている。地震や洪水は、いつ起こるかわからない。自然はコントロールできない。

また、原子力発電所など、人工のシステムもトラブルが発生する。このトラブルも、自然によるものが多い。人工物だからトラブルはすべて人災というわけではない。予想もしない材料の劣化や、計器の故障などは、自然現象と捉える方が理解しやすいだろう。さらに、人間が判断を誤ったり、勘違いした結果発生する事故（これが人災）もあるが、これもまた人間が自然の一部だからである。

材料や計器など人工物のトラブルよりも、自然である人間のミスの方が確率がずっと高い。交通事故がどんな原因で起こるかを見れば一目瞭然である。道路や機械の不具合などではなく、多くは人間のミスによって起こっている。

コンピュータは悲観の賜物

このような人間のミスを防止するために、機械による制御、あるいは支援が今日の技術の常識となっている。その技術が大きく進歩したのはコンピュータが登場したおかげだ。これがなかったら、不可能なものは非常に多い。たとえば、人間が月まで到達できたことも、コンピュータのおかげである。

ただ、それを作ったのは人間だ。人間が、自分たちを信じず、機械に任せた方が安全で確実性が高いと判断したからこそ、このようなやり方になった。もしも、人間がもっと優秀で、計算も速く、間違いをしなければ、コンピュータの導入は遅れていたはずである。

コンピュータによる制御とは、あらかじめ想定して対処を決めておくプログラムによって実行されている。「悲観」によって、起こりうる事象を想像し、その個々についてどうやって回避するか、もし回避できないなら、どうすれば被害を最小限にできるか、という判断をあらかじめしておく。これらのシステムがあるから、人間は「冷静」でいられる。

機械を信じることは、それを設計した人たちを信じることであり、「悲観」した複数の人たちの知恵を信じることだ。どんなに冷静で判断力がある監視役がいたとしても、咄嗟に多数の対応ができるわけではない。個人を信じるという選択は、とうの昔に切り捨てられているのだ。「頑張れ」「油断をするな」という心構えは、もはや必要ない。今では、「所定のスイッチを入れ忘れるな」という程度になった。

AIは人間の夢の実現

機械に任せることで、人間は理想的な「冷静」を手に入れることができ、機械に仕込んだプログラムでは想定されていないような未知の障害に備えることに注力できる。今後AIが進歩すれば、人間よりも的確な反応が可能になるだろう。そうなったら、人間はすべてを機械に任せれば良い。そのために機械を作り、技術を発展させてきたのである。僕は、この点では「楽観」しているかもしれない。AI自体が、人間の大いなる「悲観」から生まれた存在なのだから、多少は「楽観」してやっても良いだろう。

AIが人間の仕事を奪うと恐れている人は、仕事は人間がするものだ、今の仕事を続けていれば金を稼ぎ続けられる、と考えているようだが、それは明らかに「楽観」である。心のどこかで、人間の方が機械よりも優れていると「楽観」もしているのだろう。はっきり言って、人間よりも機械の方が優れている。そんなことは百年もまえから人間は知っていた。だから、機械に仕事を委ねようと努力してきたのである。

AIが人間に代わって仕事をすることは、人間が思い描いてきた夢であり理想だった。ようやく、それが実現しようとしているのが現代である。

マニュアル化は人間の機械化

AIの実用化がいつだろうが、それ以前に人間の仕事が、あらゆる分野でマニュアル化されている。マニュアルとは「AのときはBをしなさい」という決まりを明確にしたものであり、つまり考えないようにするシステムである。考えないようにするのは、考える能力に格差があって、人によっては同じことができないからだ。人間のバラツキが、仕事のミスを誘発する。だからマニュアル化して、均質なサービスを実現しようとする。すなわち、人間に機械のような精確さを求めるものであり、人間がいなくても、機械が人間の代わりに働ける環境を整えていることに等しい。

「いちいち考えたくない」「指示してくれれば言われたとおりにするから」などと言う人がいる。自分で検討したり判断したりするのは面倒だから、上が決めてくれ、という主張である。これも、自分は機械になりたい、という意味になる。いうなれば、「機械的楽観」だ。

実際、現代人の多くは、既に機械化された人間といえる。まず、都会という装置が非常に機械的だ。都会には自然はない。自然が排除されている。その中で、人間だけが自然だ。その不確定さが、都会では「不都合」になる。鉄道に誰か一人が飛び込んで、大勢が迷惑する。ツイッタには、毎日「人身事故」を迷惑がる人たちの声が流れている。満員電車に揺られ、他人と躰が接触してもなにも感じない。まさに、都会という大きな装置の一部になっているようなものだ。決まった時間に移動し、指示されたとおりに働く。休みの日にも、TVで宣伝された人気のスポットに大勢が詰めかけ、行列を作って何時間も大人しく待っているのだ。残念ながら、僕はこんな楽観主義者ではない。行列に並ぶくらいなら買わないし、大勢が繰り出す日には家を出ないことに決めている。みんながやっているから楽しい、人気があるから面白いはずだ、という「楽観」が僕には不足している。

ただ、仕事は機械のように働くものだ、と割り切っている人は多いのかもしれない。実は、人知れず生き甲斐となる趣味を持っていて、仕事は単なるバイト、だから単純作業で良い、頭を使いたくない、ということだろうか。それならば、僕は正しいように思う。僕もだいたいそう考えている。

AIに対する楽観と悲観

今後、そういった仕事を機械が行うようになる。社会の生産能力はむしろ高まるので、人間は平均的に豊かになる。仕事をしなくても、なんらかの補償を受けられる福祉が充実するのではないか。そうなれば、それこそ趣味だけを楽しみに生きていけるだろう。

ＡＩやコンピュータによる未来は、その程度には楽観しても良いのではないか、というのが僕の悲観的な想像だ。

ＡＩが社会を支配し、人間を排除する未来に警鐘を鳴らす人もいる。だが、僕にはそれが、既に「人間が一番だ」という楽観だと思える。ＡＩは、人間が憎いとは考えない。ただ、人間が無駄だと計算するだけだろう。たしかにそのとおり、人間はエネルギィ的に無駄が多すぎる。そこが人間らしいところだ、と人間は考えているけれど、機械はもっと合理的に判断する。もし、それで人間が滅びるなら、それで良いではないか、というのが、これまた僕の悲観的な想像である。

さきを読む能力

少し脱線したが、「冷静」とは「機械のように」という意味だ。冷静であれば的確に判断できるというのも、「機械らしく」処理することと同意である。

コンピュータにプログラムするような感覚で、「悲観」する。そうすることで、「冷静」な人間になり、的確な処理が可能になる。コンピュータがない時代から、ほぼ同じ処理を自分に対して行っていた人が、冷静な人物と見なされていたし、その処理能力を買われて、高い地位に引き上げられた。

判断力に優れた人物というのは、必ずしも瞬間的にあらゆることを想定し、大量の計算をしているわけではない。日頃から、下準備のような思考を重ね、将来に起こりうることのシミュレーションをしている。また同時に、他者の行動をよく観察して、それぞれの個性や傾向を分析している。そういったデータから、このような場合には、ああしよう、それとも、さきにこうすべきか、などと考えている。もし、手が打てないような事態が想定されたら、事前に防御する手を打つ。

これくらいの読みは、たとえば将棋や囲碁では当然のことで、人間はそれくらい考える能力をそもそも持っている。将棋も囲碁も、対戦相手と交互に一手ずつしか動かすことができないが、現実にはいくらでも先回りして、何手でも打つことができる。つまり読み勝ちであれば、ほぼ現実でも勝てる。

もちろん、ゲームにはない不確定要素が現実には存在する。相手の手も、そして能力も、完全には読み切れない。それでも、時間と労力さえかければ、際限なく手が打てるし、一時的に失敗しても、何度でもやり直しができる。最終的に、自分の目標とするところへ到達できれば、まずまずの成功だ。少なくとも、将棋や囲碁よりは易しいゲームといえる。だからこそ、将棋のプロよりも、ずっと大勢の成功者がこの社会には存在している。

ただ、ゲームのように手が決まっていない。具体的な対処を精密に予測できない場合がほとんどであり、もっと大雑把な想定で抽象的な対処をしておく必要があるだろう。ここが現実の「悲観」というものであり、そういった抽象的な対処を用意している人が「冷静」ということになる。

不確定な未来への対処法

現実の複雑性がさらに顕著になると、予測がほとんど不可能な場合がある。たとえば、これまでに誰も経験していないこと、不確定要素が多くて、何が起こるのか絞りきれないこと、相手がどう出てくるかわからない人物であること、などである。ときどきそういったやりにくい場面に出会う。そうでなくても、「予測不可能だ」と「悲観」することは安全側である。

何が起こるのか予想が難しい、しかし、なにごとも起こらないと楽観することはできないような不安があるときには、抽象性の高い対処をするしかない。それは、「なにが起こっても、ほぼなんとかできそうな条件」の選択である。さて、それはどんな方法なのか？

最も汎用性のある対処は、「時間的余裕を見る」という方法である。起こりうる事態の大きさから、それをリカバーするために必要な時間をざっと見積もる。何が起こるかわからないのだから、本当に大雑把な計算になる。

時間的余裕を見る万能対処法

僕の父が、電車の発車時刻の一時間まえにホームに到着したのは、つまりこれである。初めて通る道だったから、距離と速度だけの予測では不安があったのだろう。万が一途中で道を間違えたとき、忘れ物などがあって余計な時間がかかったとき、タクシーで向かう予定をして、タクシーが拾えなかったり、バスならば、乗り遅れる、バスが来ないなどの事態があったとき、と考える。もしそれらのトラブルがどれも起きなければ、一時間まえに到着してしまう。その場合は、一時間を（駅の近くで）別のことに使えば良い、という考えだったのだ。

僕が中学を受験するときに、父は、「頑張れ」なんて一言もいわなかった。そもそも、「勉強しなさい」と言われたことが一度もない。「一番になるな。一番になったら、あとは落ちるしかない」とは言った。暗に「まえの成績より良ければ、それで充分だ」という意味で言ったのだろうか。父は、入試の前日に、「雪が降って、バスが動かなくなるかもしれない。自動車は故障するかもしれない。だから、歩いても間に合う時間に家を出なさい」と言った。注意事項はこれだけだった。

その日は、たしかに雪が降った。父が運転する車で送ってもらったのだが、歩いても間に合う時刻に出発したから、二時間近くも早く到着してしまう。だから、学校の近所の喫茶店で時間を潰すことになった。これだったら、あと一時間くらい遅く起きても良かったのではないか、と僕は思ったが、もちろん、そんな話はしていない。喫茶店でも、試験の話は一切なく、まるで関係のない話だけだった。

その次の受験は大学で、この入試の日も雪だった。やはり父の車で送ってもらったが、教室にまだ入れない時刻に到着したので、車の中で待つしかなかった。

父が僕に教えてくれたことは、「時間的余裕」だけである。この方法が、あらゆるものに有効だ、ということを、たぶん彼は言いたかったのだろう。実際、そういう方針で仕事をしていたようだ。

実生活では、なかなかこの時間的余裕を持てない。その理由は、周囲に合わせる必要があるためだ。仕事では、自分一人で行動できない。周囲の人々は、ほとんど時間的余裕のない活動をしているのだ。これはもう、驚くばかりである。

〆切が迫ってからやり始める仕事も多い。最後は突貫作業になって、一気に仕上げる。こういったラストスパートで、達成感を味わいたい人が多いということだろうか。職場が、そういった雰囲気であれば、自分一人がコンスタントに仕事を進めようとしても上手くいかない。歯車が嚙み合わない感じになる。

しかし、近頃では残業も規制されるようになったし、パワハラが問題になることも増えた。このあたりの職場意識は、だんだん改善されていくのではないか、と僕は見ている。そもそも、突貫作業やラストスパートをするメリットはなにもない。達成感はあるかもしれないが、仕上げや品質は低下する。頑張って、「みんなでやり遂げた！」というドラマが欲しい、というのは、趣味的であり、時代遅れの感覚だろう。

経済的余裕による対処法

さて、何が起こるかわからない事態に臨んで、時間的余裕の次に、抽象性の高い汎用的対処法は、資金的、経済的な余裕を見ておくことだろう。

タイム・イズ・マネーである。時間の方が、金よりは価値が高いが、場合によっては、これが逆転することもある。この世のほとんどの問題は、時間と金で解決するといっても、それほど間違いではない。ただ、時間も金も無限につぎ込むことは不可能だ。どんな環境にあっても、必ず両者には限度がある。

仕事では、予算がほぼ決まっているから、その範囲内でしか対処できない。トラブルを想定して、多めに用意しておくことは、よほどの立場でないと無理である。ただ、グループ全体としては、当然そういった予備費がある。知らされていないだけだ。

個人の場合でも、できるだけこの経済的余裕を形成できるように努力をしたい。若いときには無理かもしれないが、少しずつ貯金をして、より安全側の人生を歩むことが大事である。この反対で、借金をすることは危険側の生き方になる。借金ができるということが、楽観的な人間の証拠といえる。

保険という方法

万が一のトラブルに対し、金銭的に備えるものに、保険がある。保険は、大勢でリスクを分担しようという発想から生まれたものであり、「助け合い」を契約にしたものだ。万が一の事態になった人は、それ以外の人から援助を受ける。したがって、大部分の人は、助ける側に回るので、保険で損をする結果となる。

この「掛け捨て」のシステムが、保険の基本であり、本質といえる。これを「安心を買う」と表現しているのだ。保険には、「掛け捨て」という言葉のマイナスイメージから目を逸らせるために、積立てにしたり、還付金が出たりなど、付随するサービスがあるが、そういったオプションがあるほど、実はトータルで損は大きくなる。保険の本質から外れるためだ。

僕は、結婚して子供ができたときに癌保険に加入した。月三千円弱の掛け金だったが、万が一治療費が必要になったときに、自分の持っている金では不足することは明らかだったし、家族が生活に困ることになるのも、簡単に予測できたからだ。僕が死んだあとも、子供が大人になるまで、金はかかる。そういったものを保険でカバーすることは、有意義だと判断した。

その後、僕が四十七歳になったときには、子供たちはみんな成人したし、大学も出て就職をした。これで、万が一のときの不安は解消されたので、癌保険や生命保険をすべて解約した。何百万円か解約料がもらえた。この頃には、僕の給料も上がっていて、生活は楽になった。貯金も増えたので、もう保険のお世話にならなくても心配はないとの判断である。以後、保険には入っていない（自動車の保険だけは例外）。

老後のために積立て貯金をするのが、一番手堅いだろう。一部だが、税金の控除制度があるので、保険は全面的に無意味だとまでいうつもりはない。

物による備え

時間、金と続いて、次に何が汎用的な対策か、というと、それは「物」である。これは、物体すべてであるから、たとえば人間も含まれる。

まず、人間の話をしよう。よく「友人は財産だ」などという。困ったときに、友人は助けてくれる、みたいな意味だろう。友人でなくても、家族とか、仕事の仲間とか、あるいは地域の人々など、信頼関係を築いておくと、トラブルがあったときに頼りになる。しかし、これは極めて限定的なバックアップであって、あまり大きなトラブルでは機能しない場合が多い。頼りにならない、と思っていた方が安全側である。

有効なのは、仕事を依頼できる人が多数いる、というような場合だろう。万が一誰かが急に抜けることになったときに、頼める人がいる。これは、「手持ちの駒」的な余裕といえる。金銭的な余裕よりは効果は薄いが。

人間以外の「物」というのは、いろいろある。たとえば、広い場所などは、持っているといろいろな面で役に立つ場面が訪れる。道具を持っていれば、なにかあったときに対処ができる。一般に、物は多いほど良い。物をできるだけ減らしましょう、というのが最近の流行だが、要は場所を確保しようという意図だろう。否、実際には、そういったライフスタイルを流行らせれば、新たな消費活動が生じるので、商売をする側にとって好都合だからだ。簡単にいえば、断捨離（だんしゃり）で気持ちが良くなっているのは、一時的なものである。

自分の能力で備える

「物」でないもので、非常に大事なものを最後に書こう。それは、自分の能力だ。実のところ、これまで挙げてきたどれよりも、これが役に立つ。ただ、欲しくても、時間や金のように溜めることが難しい。個人差があるから、自分には無理だ、と初めから諦めてしまう人も多い。

それでも、基本的な学力は、あらゆる場面で自分を救ってくれる。つまり、これを持っている人は、それだけ安全側といえる。また、能力ではないかもしれないが、誠実さ、几帳面（きちょうめん）さ、律儀さみたいなものも、やはり安全側だろう。

こういった能力は、しかし頭の中に取り込むのに時間がかかる。たとえば、教養、つまり知識的なものは、時間をかけて継続的にインプットされてきたものである。また、入れても、肝心なときに出てこないことも多く、これでは役に立たない。

計算能力、処理能力、あるいは発想力なども、貴重で有力な汎用的対処法であり、あらゆる場面で活用できる。人間に期待されているものは、ほぼこれだといっても良い。しかし、どうすればその種の能力が身につくのか、明確かつ具体的に示された方法はないし、あったとしてもそれが実践できる人とできない人がいる。

そうはいっても、子供のときから義務教育を受け、みんなが学校へ通うのは、「何の役に立つのかわからない」けれど、「きっとなんにでも役立つだろう」と多くが認めているからだ。ようするに、あらゆるトラブルに対処できる柔軟性の基礎となる性質といえるだろう。また、そういった利用価値があるからこそ、学歴で就職先が決まったりするし、また、就職したのちにも、資格取得や昇格のために、学力が試される機会が訪れる職種がある。

そんな将来を踏まえて、楽しくもないのに我慢して、子供たちは勉強する。勉強しないと、幸せな生活が送れないと、大人が脅すからだ。大人は、この意味では、子供の将来を「悲観」しているわけで、「勉強なんかしないでも、自分の好きなことをすれば良い」と「楽観」している親と比べると、はたしてどちらが正しいのか、というのはそれぞれの言い分があるところだろう。僕にはわからないし、また、相談を受けても答えられない。ケースバイケース、その子供しだいである。

ただ、ギャンブルや投資よりは、若いうちに勉強することは期待値が大きいだろう。すなわち、将来の利得として期待できる。

心構えとしての悲観

さて、汎用的な対処方法の最後には、やはり気持ちの問題というか、心構えのようなものの重要性を述べておかなければならない。本来の「冷静」の意味でもある。しかし、「悲観」によって想定される危険に対処することで「冷静」が得られるのに、その対処に必要なものも「冷静」だとすると、幾らかの矛盾を感じることだろう。

たしかに、対処するから冷静でいられるし、未知のトラブルには冷静な処理が有効だ。結局、考えうる可能性について手を打ち、それでも取り零すことがあるが、少なくともそれは、簡単には思いつけなかった可能性であるから、「どうして手を打っておかなかったのか」という残念さとは無縁である。それが、ショックを和らげる。だから、その想定外の事態には、冷静に考えて手を打てば良いだろう。

行動を起こすときに、「これをしたらどうなるだろう?」と考え、未来の事象を予測すること、また「なにか見落としはないか?」「失敗しそうなプロセスはどこか?」といった「悲観」をすることは、単に考えるだけの作業ではない。

変化を観察する

予想、すなわちシミュレーションに不可欠なのは、過去のデータである。確率を割り出すための元になるデータも過去のものだ。

過去のデータには、各種ある。まず、数学的に確率がほぼ求められる事象であれば、過去のデータは不要だ。たとえば、ルーレットの期待値などがこれである。もちろん、現実は数学ほど理想的ではない。サイコロの形状も微妙に歪(ゆが)んでいるから、精確な確率は、やはりデータを測定してみないとわからない。だが、データを測定することで、サイコロは変形するから、過去と現在が同じコンディションとはいえなくなる。

同様に、たとえば人間が実行する事象であれば、過去の失敗を踏まえて本人が反省し、修正するだろう。つまり成長するということである。こうなると、過去のデータのとおりではないことは自明だ。

「観察」とは、そういった成長や変化も捉えなければならない。いわば、静止画ではなく、動画を撮れ、ということだ。そして、このような観察に不可欠なのが、揺らぎのない視点である。変化するものを観察するのに、視点が動いていると、見誤ることになる。

ここにも、俯瞰する客観視や、感情を排除する冷静さが条件となるだろう。

他者のことではない。観察するのは自分自身であるから、自分の変化、特に感情的な状態を把握(自覚)していることが非常に重要となる。

自分自身の感情というものは、思考と混ざっている場合が多く、分離して把握されていないことが多いようだ。人は、自身の感情がよくわかっていない。人から、「なにをそんなに怒っているんだ?」と言われてはじめて、怒っていることを自覚する場合だってある。

まず、自分の感情を観察する。自分はどう感じているのか。今の気分はどうなのか。そういったことを自問する。この「自覚」ほど大切なものはない。これが充分にできていれば、感情を除いた思考ができるようになる。

感情を除いた思考

「感情を除いた思考」とは、どんなものなのか。

いつでも良い。考えている途中で、自分は望んでいるのか、躊躇(ちゅうちょ)しているのか、いらだっているのか、楽しんでいるのか、そういった状態を確かめる。他者に対しても、好ましく思っているのか、鬱陶(うっとう)しいと感じているのか、愛おしいのか、憎らしいのか、と自問する。そして、考えていることに、それが影響していないかをチェックする。

こういった感情は、あらゆる判断においてバイアスになる。バイアスとは、先入観、あるいは偏見のような意味の用語だ。知らず知らず、一定のバイアスがかかっていると、公平な判定、公正な評価ができない。観察にバイアスがかかると、精確に状況が捉えられなくなる。一般の人の多くが、自分の感情の上で思考していて、期待や嫌悪が意見に含まれていることを自覚していない。それでも普通に社会を渡っていけるから、それで良い、人間として自然だ、と思っている人が大部分かと思われる。

僕は、特に日本人にこの傾向が強いように感じている。意見に感情が入るのは当然だ、と認識されている節がある。

しかし、現代社会では、感情的な意見は相手に認めてもらえない。たとえば、ビジネスであるとか、裁判であるとか、意見を交わして議論するときに、感情を持ち込むことは敬遠される。

困ります、は意見ではない

一例を挙げよう。会社が経営難のため、業務内容を検証したところ、あなたの部署で人員削減を行う案が会議に提出されたとする。これについて意見を求められたら、あなたはどう答えるだろうか？

人員を減らされたら、業務に支障が出る。非常に困ったことになる。そういったことを説明するのが、日本人にありがちな反応である。「え、それが普通だろう」と思われたかもしれない。しかし、そうではない。

困るのは、どの部署でも同じ。どこも、人員を削減したくはない。しかし、会社全体として、どこかでリストラが必要だ、ということで案が示されたわけだから、困る困らないの話ではない。困ることは、既に考慮済みなのである。したがって、ここで意見を出すならば、リストラよりも、もっと効果的な合理化策があることを示すか、あるいは、他の部署でリストラする方が、自分の部署でリストラするよりも良い選択である理由を説明するか、いずれにしても、根拠を示す必要がある。「困るから」というのは理由にならない。

「困るから」と主張すると、「このままだったら、会社が倒産し、全員が困ることになる。それよりは困る人間が圧倒的に少ない」という理由で反論されるだろう。もちろん、「困ります」と強く主張することは無駄ではない。だが、その気持ちを汲み取ってもらっても、「残念だろうが、我慢してほしい」と言われてお終いである。

リストラされる当該部署が、いくら理由を言っても重みがないのに対して、まったく利害関係のない別のところから異議が出ると、この意見は注目されるかもしれない。それは、感情論でないことがはっきりとしているからだ。

議論とは、理屈を戦わせるものであり、感情を抜いた意見がより重視されるのは、バイアスのかかっていない客観的な観察による公平で説得力を持った意見と見なされるからである。

同様に、「冷静」であることは、発した意見に重みが増す効果がある。感情的な人物ではなく、冷静な人物の指摘に多くの人は従う。リーダには、冷静であることが求められる所以(ゆえん)である。

悲観→冷静→客観→信頼

「悲観」が「冷静」を生み、ここから「客観」や「信頼」が誘導される。逆に、「楽観」は「感情」から発することが多く、また結果も「感情」を誘発しやすい。ときにはそれが、人間味溢れる魅力となる場合もあるが、これは例外的な傾向といえる。

冷静な人間が、稀に感情的になると、周囲に与えるインパクトは大きい。普段感情的な人間が、稀に冷静になっても、周囲には気づいてもらえないだろう。いずれが優位かは、歴然としている。

第5章 過去を楽観し、未来を悲観する

前向きか、後ろ向きか

ここで再び、「楽観」と「悲観」の基本的な傾向について、考察しようと思う。本書をここまで読んできてもなお、「でも、やっぱり悲観というのは、寂しいし、悲しいし、どうしても後ろ向きな気がする」と感じている方がいらっしゃるのでは、と考えたからだ。

「楽観」が前向きであり、「悲観」が後ろ向きだという印象は、どこから来るのだろうか？

おそらく、考える対象が未来にあるか、それとも過去にあるか、という点が関係しているのではないか、と思われる。ここまで書いてきた「悲観」は、主として未来に対する悲観だが、一般に、過去の出来事を振り返って悲観する場合が多いようだ。

「あのときのあれは、やっぱりまずかったかな」といった感じのもの、すなわち後悔だ。そんな経験はないだろうか。過去を悲観して反省をするならば、未来に対してプラスになるが、ただ、「あれがいけなかった」と悔やむばかりでは、落ち込むだけで、なんの利もない。この種の「悲観」がマイナスイメージとして、多くの人の心に染みついているように思われる。

過去を悲観することは、メリットが少ない。反省をすることで、未来に同じ過ちを犯さない対策を講じれば有効であるが、これはつまり、未来への悲観にほかならない。過去のデータを未来に活かした行為だ。

過ぎてしまったことで、いつまでも悩んでいる人は少なくないように観察される。そもそも、「考えなさい」と言われ、「考えよう」と思ったときに、大多数の人は過去を「思い出す」だけなのである。これは、考えていることにならない。考えるとは、やはり未来に向かった予測でなければならない。未知だからこそ、考えるのだ。

過去の事象の良い悪いをいくら評価しても、起こってしまったことは変わらない。たとえば、死んだ人は生き返らない。壊れたものは、今後の修復によって元どおりになるかもしれないが、壊れたという事実が消えるわけではない。人間は経験したことを意図的に忘れることができない。コンピュータのデータみたいに、綺麗に一瞬で消去できれば楽だろうけれど。

過去は自由に解釈すれば良い

選べるのは、未来の道だけである。過去の選択はできない。これはつまり、過去へ戻れないからだ。未来には行けるが、過去へは行けない。

過去の評価とは、結局は事象の「解釈」でしかない。ただし、たとえば「楽観」は、過去に対しては有効だ。

自分が経験したことをどう解釈するか、という場合、大いに「楽観」すれば良いだろう。「あれは良かった」「あのとき、あれをしておいたのが効いた」「あの判断は正解だった」などと、過去を楽観的に評価することは、精神安定上も良い。

「解釈」というのは、自分で勝手にすれば良いものだから、自己を肯定し、未来につなげる動機とすることは有意義だといえる。ただ、他者にこれを伝える必要はない。自分で自分を評価し、信じていれば良い。人に話すと、自慢と取られるだけで、メリットはほとんどないだろう。

過去に対する評価は、他者によるものであっても、さほど意味があるものではない。人からなにかを褒められる場合、それは過去のことだ。認められれば、気持ちが良いかもしれないが、実質的なメリットがあることは稀である。稀な例外とは、報奨金のようなものを得たときくらいだ。仕事が認められて報酬があるのは、契約なので、これには当たらない。想定外の大金がもらえることも稀にある。頻繁ではない。期待しない方がよろしい。

過去の評価は、もともとその程度のものなので、自身については、せいぜい楽観しておけば良いだろう、ということである。

過去に学び未来に活かす

最悪のパターンは、過去を悲観し、未来を楽観する姿勢だ。

過去を振り返って悩み、「あんな酷いことはもうご免だ。これからはきっと良いことがある」と意味もなく楽観している人が、意外に多いように見受けられる。この反対で、過去を楽観し、未来を悲観するのが、有意義な姿勢だといえる。

良いことも悪いことも、続けて起こる確率はたしかに低い。しかし、既に起こった事象がどちらであるかは、未来には影響しない。悪いことがあったから、もう続かないだろう、と考える「楽観」には科学的根拠がない。

厳密には、過去に悪い事象が発生した場合、未来に同じ事象が発生する確率は、多少変わる。これは、起こった事象によって、過去のデータが更新され、対策が取られるからだ。しかし「楽観」は禁物。トラブルが再発する可能性は、大いに「悲観」しておく必要がある。

特に、トラブルの原因が完全に究明できないようなときは、注意が必要だ。たとえば、機械類のトラブルであれば、不具合が再発する可能性は高い。故障に近い不具合が既にどこかに存在するから、トラブルが起きる。電気回路の接触不良などは、見ただけでは判別できない場合が多く、また、そこがつながっているときはまったく問題なく作動する。ある条件が重なったときに、その接点が離れてトラブルになる。このような故障は、徹底的に原因を調べるべきだ。初期のトラブルは一般に小さい。これが発生したことを、幸運と受け止めた方が良い。そこで早めに処理すれば、大きなトラブルは避けられる。

考えるなら未来について

このように、過去の事象は、たとえ悪いことであったとしても、悲観して落ち込む必要はない。そのおかげで未来の危険が避けられる、と楽観的に解釈しておけば良いだろう（ただし、自分の解釈であって、人に話すと無責任だと非難されるから注意を）。

過去を考えすぎる人は、未来に思考を向けることを意識的にした方が良い。これから何があるのか、どんな可能性があるのか。もし、どちらかわからない場合には、そこで未来は分岐し、別の道筋になるから、そのそれぞれについて考えれば良い。二手に分かれる分岐が三箇所あれば、未来は八通りになる。八通りをすべてきっちりと予測する必要はないが、絶対に起きないわけではないので、悪いことが重なる分岐については、考えておいた方が無難だ。

過去に起こったことは、考える対象が絞られる。同じ対象について、幾度も同じように考えてしまう人がいるはず。しかし、未来に起こることは、対象が無限にある。いくらでも考えることができるはずだ。未来のことを考え始めると、過去のことなど考えている暇はなくなるだろう。

どれくらい未来まで考えるか

過去も未来も、時間で計ると近い遠いがある。過去については、遠いものは忘れられるが、近いものは記憶が鮮明だから、つい頭に思い浮かびやすい。特に、感情的になっている場合は、近いものが強く頭に残っている。これは、感情が比較的短時間しか維持されないことを示している。どんなに怒っていても、時が経つと冷静になれる。悲しいことも、時とともに薄れることになる。

逆に言うと、近い過去は、感情によって増幅されているようなものであり、何度も思い出して、どんどん感情が高ぶってしまう。そういう仕組みになっていることを承知しているべきであり、考えないように時間を置くことは有効だ。

若者は比較的未来のことを考える。子供はこれが顕著だと思われる。未来に大きな可能性が感じられるし、悲観して対策を講じるような予測や計画ではなく、どちらかというと、「夢を見る」ような未来願望である。これは、「楽観」であるけれど、未来が遠く、自分から離れているので、本人も現実味がない。まさに「夢」なのだ。

本書で書いている「悲観」は、どれくらいの未来まで見れば良いのか、というと、それは個人差があるし、想像する対象によっても当然違ってくる。

まず、「計画」や「予定」と呼べるような対象であれば、せいぜい数カ月だろう。一年以上さきを見通している人は少ないはずだ。たとえば、「夢」であっても、せいぜい数年後のことで、何十年もさきまで夢見ている人は、大人では少数だと思われる。

年寄りになると、残された時間が短いので、未来のさきざきまで想定するようなことをしなくなる。自分がどんなふうに死ぬのかも、ほとんどの人は考えていない。だいたいいつ頃、と一瞬だけ想像をするにしても、場所はどこでとまで具体的には考えていないのが普通だ。

だから、未来の「悲観」にも、いろいろなレベルがあるということ。少なくとも、時間が長く、遠くになるほど、想像は曖昧になり、抽象的になるはずである。

過去の自分に感謝する

もう一つ、過去の「悲観」について書きたいことがある。自分自身を肯定することは、ある意味で幸せを感じる時間だと思われるから、ときどき過去を思い浮かべるのは悪くない。ただ、写真やビデオを見て懐かしむ、といったやり方は無意味で、それは「考えていない」状態だからである。あくまでも、自分の頭の中で、誰にも話したりせず、考え続けるのが良いと思う。そういうことができない人は、なおさら、考える癖をつける意味で思い出してほしい。

嫌な思い出は無視して、楽しい思い出を取り出す。どこがどう良かったのか。また、そのときの自分を褒めてあげることが大事だ。あのときの自分がいたから、今の自分があるわけで、感謝の気持ちが湧いてくるだろう。

こういった過去の「楽観」が、どう未来につながるのか、という話をしている。過去の自分に感謝できるようになれば、次は、今の自分が未来の自分から感謝される存在でなければならない、と連想できるはずである。

現在自分が考えること、あるいは努力していること、行動していること、それらは、すべて未来の自分のためになるものでなければならない。今、やっておかないと、未来の自分からは感謝してもらえない。

他者の評価を得ようと考えていると、未来予測は近視眼的になる。また、認めてもらわないと無に帰したように感じてしまい、成果があったのに、自身でも正しい評価ができなくなる。自分のことを一番見ているのは自分だ。これは生まれてからずっと変わらない。過去を「楽観」するのも自分のためであり、また未来を「悲観」するのも、当然自分のためだ。常に自分が第一優先でなければならない。

自己満足こそ最上の幸せ

こんな簡単なことなのに、多くの人が、他者に認めてもらわないと喜べないような人格を早い段階から形成してしまう。子供のときに、褒められてばかりで、自分自身を肯定する余裕もなかったのかもしれない。だが、自分の評価を信じ、自分が満足することが、人格形成の基本である。自己満足よりも価値のあるものはこの世にない、と僕は確信している。

「単なる自己満足じゃないか」という言葉は、他者に認められる価値を強調しているわけだが、これは結局はビジネスなど、人との競争を強いられる舞台での話である。それは、たしかにそうだ。かけっこだって、自己満足ではなく、順位が気になるだろう。

しかし、よくよく考えてもらいたいのだが、長い時間、つまりあなたの一生といった時間スパンにおいて、他者との競争の勝ち負けなど、一瞬のこと、実に瑣末な問題にすぎない。それ以外のほとんどの時間、あなたは一人で走っている。人間は誰でも一人なのだ。双子だって、ずっと二人というわけではない。それに、誰でも最後は一人で死ぬことになる。

あなたの一生を気にかけてくれているのは、あなたの親だろう。しかし、親はさきに死ぬ確率が高い。一生を評価するのも、最後は自分一人である。死ぬときに、「なかなか良い一生だったのではないか」と自己満足できることが、おそらく最上の幸せというものだろう。

どうせ死ぬのだから

未来を「悲観」し続けて生きても、いずれは死ぬのである。これ自体が、究極の悲観にほかならない。せめて自分の死くらいは、しっかりと考えておこう。楽観できるのは、死んだらそれで終わりだ、ということくらいである。そのさきのことはもう心配しなくても良い。結局、人間は誰しも、最悪でも死であって、それ以下にはなれない。

あまりに未来を「悲観」しすぎて、自分の死を早めようと考える人もいる。だが、これは、既に他書に書いたが、死によって、絶望から逃れられるという「楽観」である。僕は、自殺する人は、平均的にみれば楽観主義者だと考えているくらいだ。まず、悲観的な人は、自殺を考えるような窮地に追い込まれる以前に、なんらかの手を打っている。その段階まで楽観していたから、そんな場面が急に訪れ、深く考える間もなく、衝動的に死を選択してしまう。この潔さが、非常に楽観的なのだ。

早い遅いの差はあれ、どうせ誰でも死ねるのだ。しかし、少なくとも死ぬまでは生きていたのである。生きていたから、過去を背負っているわけで、過去の自分に対して感謝をすべきだ。そこで、過去の自分を楽観視できる人間なら、おそらく死を早めようとは考えないだろう。過去の自分を否定しているから、むしろ恨んでいるから、死ねるのだと思う。

そして、前章で書いたように、悲観によって得られる冷静さが失われているから、死ねるのである。

自殺を考えている人に、僕が言えるとしたら、「もっと悲観しなさい」である。悲観が足りないから、死んだらすべて解決できる、と楽観してしまうのだ。考えが足りないというよりは、おそらく考えられなくなっている状態だろう。

止めるつもりはない。僕には関係がないことだ。

もう老年といえる人ならば、このような潔さはないかもしれない。おそらく、どうせ時間は残り少ないのだから、自分のタイミングで死のう、と考えている人はいるだろう。これは、僕は否定ができない。ある意味、正論だと考えている。

考えることをやめてしまった人々

しかし、僕が観察できる範囲では、多くの老人は、ほとんどなにも考えていない。考えるのをやめてしまった人が非常に多い。そういう人は本も読まないから、ここに書いた言葉は届かない。というよりも、人の話を聞く耳がもう退化している。

そうなる手前の年代の人は、できるだけいつまでも考えるようにしてほしい。何故なら、それが人間だからである。人間らしくあらねばならない、とは言わないけれど、人間として生まれたことを思い出して、自身で考えてもらいたい。

さて、悲観・楽観以前に、考えることの大切さの話になってしまった。これは、現代人が最も不得意としている行為だろう。

人々は、とにかく考えなくなった。ただ、反応するだけ、ただ調べて、コピィし、ペーストするだけ。右から来た情報を左へ流すルータのような動作しかしていない。ネットやスマホの普及で、現代人は思考から遠ざかり、まるで植物のように生きている。明日のことを考えても、何時に何がある、という小学生の時間割くらいのイメージしかない。着ていく服を想像するだけ。それも、考えているのではなく、選択しているだけである。

あらゆる情報が大量に押し寄せてくるが、ただ文字が流れる電光掲示板のようなもので、流れたあとにはなにも残らない。ときどき、大事なことを覚えるけれど、これはメモリィに記憶しただけ、メモしただけ、考えているのではない。そもそも、学校のテストが、記憶を問うものだったから、覚えることが勉強、思い出すことが考えることになってしまったのだ。

たとえば、知らない場所へ行けば、少しは考える。そこには日常がないからだ。しかし、今はスマホがなんでも教えてくれるから、道順も考える必要がない。

なにかを作ると、必然的に考える。たとえば、料理をすれば頭を使う。だが、今はスマホで調べた手順で料理をするから、ほとんどロボットみたいな存在に成り果てている。

考え続ける人間になろう

考えることが、どれほど楽しいことか、僕は機会があるごとに書いているのだが、もうほとんどわかってもらえなくなった。つまり、本当の楽しさを知らない人が多くて、楽しさの価値さえわかってもらえない気がする。

人類の頭脳は小さくなっている。力がなくても仕事ができるようになり、走らなくても遠くへ行けるようになった。だから、現代人の筋肉は退化しているだろう。昔の人の方が力持ちだった。同様に、ものを考えなくても生きていける楽な環境を築くことができたわけだから、考える能力が低下するのも必然といえる。

けれども、どんな時代にあっても、頭の良い者は、社会の中で良い立場にいられる可能性が高い。そうなるように考えるから、実現するのだ。

人間は、自分が望むとおりになる、と僕は常々話している。これは楽観ではない。明らかにそう観察される客観的な事実だ。考えて行動した人が、考えたとおりの結果を得る。結果を得られない人は、考えていなかったからそうなった。差は、考えたかどうかである。

未来を「悲観」すれば、少なくとも考え続ける人間にはなれる。そして、考え続けた人は、いつかは自己満足するだろう。いつかは、というのは、少なくとも死ぬときには、という意味だと思ってもらっても良い。

第6章　期待と願望はほとんど意味がない

元気は他者からはもらえない

感情を排除する思考の大切さを、ここまで幾度か書いてきた。多くの人が、無意識に感情に囚われていて、知らず知らず、それが自分の思考、意見だと勘違いしている。気持ちの大切さを訴える人が、実際多い。

たとえば、スポーツ選手を応援する。みんなで声援を送る。良い結果を出した選手は、「応援のおかげです」とファンに感謝をする。では、いったい応援した人から、選手には何が伝わったのか。「エネルギィをもらった」と言う人がいるけれど、エネルギィは、物理的にそんなに簡単に受け渡しができない。「元気」だとも言うが、それも、自身から湧き上がるものであり、人から人へ移動するものではないだろう。肉体的、精神的なものであって、個人の中で生まれ、個人の中で消えるだけだ。

実は、人から人に伝達されているわけではない。その証拠に、パンダを見て元気が出る人もいる。パンダは観客を応援しているわけではない。ウケを狙ったり、笑わせようとしているわけでもない。パンダを見て、思わず笑顔になるのは、本人の頭が、自分自身で作り出した「楽しさ」であり、それはつまりは幻想である。

極端な話をすれば、実物のパンダを見なくても、想像力が豊かな人だったら、頭の中にパンダを思い描くことができ、自分一人だけで、にんまりと微笑むことができるはずだ。頭の中のパンダなんて、単なる幻想であるけれど、実物を見ても、頭に描かれるものはほぼ同じなのである。目が光を捉え、視神経に信号が伝わり、脳がこれを認識するわけで、結局は脳が作り出したイメージであることに変わりはない。

感情を排除する社会

スポーツもゲームも、そしてビジネスも、勝ち負けのある競争だが、露骨な闘争心は、恥ずかしいものだ、というのが現代的な感覚だろう。かつては、そうではなかった。なにしろ、闘争とは相手を打ち負かすこと、自分が勝ち残ることだから、勝敗が決したあとには、歓喜と落胆が両者に残る。ここから、憎しみや蔑(さげす)みを完全に除去できるほど、人間の精神は機械的ではない。理性でどうにか、感情を抑えているのが現実だろう。

教育や指導の現場では、暴力がつい最近まで肯定されていた。「愛の鞭(むち)」といった表現で許容されていた。これもいささか複雑な概念だと思われる。また、罵倒され、しごきを受け、その屈辱から這い上がる根性を育てようともした。あれは、幻想だったのだろうか。

暴力や精神的なハラスメントが、この頃では許容されなくなった。僕は、良いことだと思う。それくらい、人間は「感情」を遠ざけようとしているのだ。感情は、つい度を越してしまう。制御ができなくなり、他者を傷つける。加害者には、その自覚が不足している場合が多い。感情が、冷静な観測を妨げるからである。

都会が自然を排除してきたように、社会は人間の感情を排除しようとしている。この流れは戻ることはないだろう。人間は、自らの感情の醜さを、よく認識しているのだ。

感情・理性と楽観・悲観の関係

もちろん、そうでない感情も存在している。なにかを素晴らしいと感じ、憧れる。あるいは、好奇心のような未知へ向かう衝動も、理性だけから発しているとは思えない。幼い子を見ていれば、それらがわかる。この種の感情は、非常に「楽観」に近いものだ。

一方、他者を羨み、憎み、妬むのは、明らかに「悲観」の感情である。つまり、感情の「楽観」の方がメリットが多く、感情の「悲観」は社会から排除されるほど嫌われている。一般に、楽観が好まれ、悲観が嫌われるのは、ようするに感情面の傾向が人々の印象に根付いているからだろう。

理性の楽観は危険で、理性の悲観は安全、という話をしてきたが、つまり、理性と感情では、楽観と悲観は正反対の働きをすると捉えることができる。そして、この反転が、両者を混同したときに障害となるのである。

「悲観」は有意義だが、その理性的な予測に、感情が紛れ込むと効率が悪くなる。一方、「楽観」は、感情的な活動であればメリットが認められるが、それを理性的な予測と混同すると、未来を読み誤り、危険を招く結果となってしまう。

感情のコントロール

ということは、自分がどのような思考をしているのか、という理性の自覚と、自分はそれをどう感じているのか、という感情の自覚を、両方持っている必要がある。これは、やや面倒なことかもしれない。

幼い子供は、理性がまだ未熟で、主として感情で行動している。しかし、泣き喚いたり、はしゃいで騒いだりすると、大人から叱られる。このため、感情を表出することを自身でコントロールするようになり、これができる子供は、「落ち着いている」あるいは「良い子だ」と評価される。成長してからも同様で、表現が「冷静」「思慮深い」などと変わるものの、「理性」によるコントロール能力を評価している。

人柄を示す言葉に、「穏やか」がある。いつもにこやかで、カッとなったり、声を荒らげるようなことがない。人から親しまれる性格の代表ともいえるものである。いかにも、持って生まれた素質のように見えるが、そうではない。自身が「こうすれば周囲に認められる」と計算して装っているものだ。しかも、装っているうちに、それがデフォルトになり、地になってしまうこともある。コントロールするうちに、何を抑制していたのかわからなくなるほど、感情が高ぶることがなくなった、といったところだろう。一種の矯正ともいえる。

感情を理性でカバーする

僕の経験では、ちょっとした会議で議論をしているとき、普段は非常に穏やかな人が、突然顔を真っ赤にして怒りだすところを何度も見た。すぐに、気持ちを鎮め、笑って誤魔化したり、「すみません」と謝ることもあるのだが、本当の性格は、日常的にはほとんど表に出ていないのだな、とわかる。おそらく、こういう人は、家族とか、ごく身近な間柄の人の前では、頻繁にカッとなることがあるのだろう。

逆に、普段しかめ面をして、あまり笑ったりしない人などは、このように人前で、別人格を曝け出すようなことがない。この種の人は、根が穏やかで、笑顔で友好的だと見せかける必要を感じないからこそ、自然にむっとしているのである。怒っているのではない。笑顔でいると、逆に誤解されるので、自然のままでいるのだ。

子供のときは、人の性格は比較的わかりやすい。装う技術が未熟だから、本来の性格がそのまま表に出ていることが多いためだ。大人になり、仕事でのつき合いが増えてくると、そういった舞台での役割を演じるようになる。これまでは、特に男性にこの傾向が顕著だったが、当然ながら、女性もそういった立場になれば同様のはずだ。また、女性は女性としての役割も演じなければならない場面（これ自体、好ましくないが）も多く、男性よりも複雑なコントロールが必要となるものと想像する。こういったことは、社会に出れば少なからずあって、日常的なものだが、度を越すと大きなストレスを生み、その結果トラブルになることも多い。

感情を自覚することが大切

さて、そもそも感情とは何か。それは、本能的、肉体的な反応なのか、それとも思考によるコントロールを超えたエラーなのか。

思考がまったく関与しないということはない。カッとなるときだって、頭でなんらかの発想があって、思い浮かべる状況があるはずだ。よほど強い衝撃であれば、反射的に恐怖などを感じることがあるが、瞬時に立ち上がる緊張が、理性による処理能力をオーバして溢れ出る。

パニックやヒステリィなど、感情的な反応は、もともとは危険を回避する防衛反応だったはずだが、それが過剰反応として今の社会では見なされる。集団に必要な協調の障害となるものだ、と認識されているからだろう。

コンピュータには感情がない。そういったものを仮想で作ることは簡単だが、必要がないものだから、装備されない。人間でさえ、現代人は感情を抑えるマナーを強制されるのだから、当然といえる。

楽しいことや悲しいことまで、すべての感情を抑制することは推奨されていないようだ。このあたりの線引きは不確定で、常識的な判断を要求されるのだが、常識というものに慣れない人には難しい。

簡単にいうと、感情をまったく消してしまえ、というわけではない。感情を人に伝えるときの方法に、一定の秩序が求められている、ということだ。たとえば、怒り心頭に発してもけっこうだが、それを素直に行動に移すと、周囲の人の迷惑になる。現代人は、喚き散らす人間を異常だと見なす。ただ、非常に悲しい場面で泣き叫ぶ人を非難する者は少ないだろう。悲しみには同調するのが、社会のマナーのようである。

集団悲観を煽るマスコミ

本書で考察している「悲観」は、感情的な悲しみとは別のもので、単に都合の悪い事態を心配する思考のことである。だから、大災害などが起こって、大切な人を失った場合の悲観とは、まったく別のものだ。

大きな被害による悲しみに同調しようと、日本のマスコミは「集団悲観」を煽る。無関係な人まで全員で悲しみを共有しよう、そうすることが、実際に被害に遭われた方々に対する救済になるかのように演出するのだが、これはスポーツの応援のようなメカニズムを想定してのことだろうか、僕には理解ができない。そもそも、人間は同情することができるし、悲しんでいる人を慰めることもできる。それを大勢で一斉にしようという「運動」が不自然に見える、というだけである。

これは、人によるのだろう。そういったものが有効だと考える人は、自分の判断ですれば良い。しかし、同情が嫌いな人もいる。一緒に涙を流してもらっても嬉しくない、むしろ腹立たしい、と感じる人も少なからずいることだろう。それをすべて一辺倒に単純化するような運動は、独り善がりというか、多数善がりというべきか、とにかく、いかがなものだろうか、という提言にすぎない。

災害に対する悲観のし方

災害が発生したときに必要な「悲観」は、それらとはまったく別方向のものである。まず最優先に考えなければならないのは、被害を大きくしないこと、そして次の災害に備えることである。

被害を大きくしないとは、さまざまなレベルがある。緊急を要するのは、危険な環境にいる人、不快な思いをしている人を助けること。また、一瞬ではなく、じわじわと広がるタイプの被害もある。これを早めに抑えること。

次の災害に備えるとは、同じ災害、トラブルが再び起きる可能性を想定することである。一度起これば、しばらくは大丈夫という道理はない。同種の災害が、同じ場所で発生するとはかぎらない。災害はいつどこで発生するかわからない。確率的に差はあるものの、いずれも確率は百パーセントより低く、ゼロパーセントより高い。

大きな被害が出れば、どれくらいの備えで、どれくらいの効果があったかというデータが得られる。それらを詳細に調べ、次の対策を講じることが重要である。これが本当の「悲観」だ。みんなで泣いている暇はない、と悲観する。

感情産業の手法

報道機関は、「感情」を取材しようとする傾向が強い。それが絵になり、ストーリィ性があるから、語りやすいし、また受け手にもそういったものを求めている人が多い。しかし、報道の使命は、エンタテインメントではないのだから、受け手が望むものを届けるという姿勢は、ややずれている。見当違いだといっても良い。真に価値のある情報を伝えることが、報道の使命である。

おそらく、マスコミがこの種の先導をするのは、ビジネスとしての戦略があってのことだろう。基本的には、エンタテインメント産業であるから、こういった手法になるのも理解できないわけではない。

たとえば、ドラマ、映画などでも、「泣かせる」ことが最も簡単であり、受け手にも強い印象を与えるようだ。その次が「笑わせる」ことかもしれない。「怒らせる」のも簡単なのだが、これは商売にならない。受け手が不愉快に感じ、敬遠して引いてしまうからだ。しかし、かつては「怒り」を誘うような作品、あるいは報道があった。最近の受け手は、この種のものを忌諱するようだ。不快さから這い上がるハングリィ精神のようなドラマは時代遅れとなった。

そういったわかりやすい喜怒哀楽を超えた「美」がある。芸術性の高い作品とは、そういった趣のもので、その場ではよくわからないことも多いが、なんとなく印象に残り、個人の思考の中で展開する。ある意味、高尚であるけれど、もっと根本的な感情を誘発するものであり、原始的といえるかもしれない。

エンタテインメントは、かつては「娯楽」と呼ばれたように、わかりやすくお決まりの展開になる。なにも考えず、笑い、泣いて時間を過ごすことで、リラクゼーションや一種の陶酔感が得られる機能がある。

エンタテインメント化する政治

多様な文化が広がった現代では、あらゆるものがエンタテインメント化していて、特にそれを感じさせるのは政治である。政治には、目的があり機能もある。社会をより良い方向へ導くことだ。大衆の人気を集めることが目的ではない。だが、ネットが発達し、隠しごとのないクリーンな政治が求められている。それを報道するのは、マスコミであって、そのマスコミはエンタテインメントの道理で動いている。大衆もエンタテインメントに慣れ親しみ、わかりやすい「感情」で政治を眺める。

こんな現状を、僕は「悲観」しているのだが、もちろん頭の良い人たちは沢山いるので、いずれは改善されることだろう、との「楽観」もある。

人々は、政治に何を期待するのか。税金の話は前述したが、「消費税をゼロにする」と宣言する政治家には、大勢が拍手を送ることだろう。これがエンタテインメントだ。そして、人々がその政治家に「期待」するのは、税金が減ることであり、それは自分の金が減らないことを「願望」しているからだ。要約すると、「俺に金をくれ」という意味になる。

みんなに金を配るなんて凄いことだ。その金がどこから出るのかは無関係で、自分の財布の金が増えれば、それで良い、と考える。「自分を気持ち良くしてくれ」という意味だから、これは理屈ではなく、感情である。自分が良ければ満足、という「楽観」といえる。

誰だって、自分が良い思いをしたい。しかし、みんなの願いをすべて叶えていたら、社会が成り立たない、という「悲観」が生まれた。みんなが願望を前面に出せば、殺し合いになる、という「悲観」もあった。そこで、知恵を絞って話し合い、理屈を構築してきたのである。

自己主張は願望主張ではない

日本には、そもそも感情を表に出さない文化があった。たとえば、男は無口な方が良いとか、人前で涙を見せるのは恥ずかしいとか、である。国技である相撲を見ているとわかるが、力士は一般のスポーツ選手のように表情を変えない。勝っても負けても、淡々と一礼して終わる。柔道も日本のスポーツだが、世界的になったためか、こういった和風の「礼」は、消えてしまったように見受けられる。

西洋の文化が入ってきたときに、外国人は「自己主張」をしっかりとする、日本人は黙っているから損をしてしまう、と言われるようになった。そこで、自己主張のできる子供を育てる時代になり、今の日本がある。たしかに、みんな自己主張が激しい。しかし、少しずれているように見受けられる。

自己主張とは、自分の願望を積極的に述べることではない。会議でぶつけ合うのは、おたがいの「理屈」や「思想」であって、感情ではないからだ。つまり、「俺に金をくれ」は自己主張とは認められない。そんなことは、誰もが望んでいることであり、わざわざ言わなくてもわかるからである。

もちろん、人は「願望」で動いている。自分の利益になることを実行する。だが、そういった「欲」を表に出さず、「理屈」を考える。この理屈で相手を説得し、結果的に利を得る、という戦略が必要なのだ。すなわち、自己主張するまえに、自身の理屈を持っていなければならない。自分の理屈が正しいと主張すること、それが自己主張なのである。このことを知っている人が、今の社会では良い立場を獲得できる。欲をストレートに主張する人は、子供でもないかぎり、結局は話を聞いてもらえないことになるだろう。

願望主張は効果がない

では、感情的な願望を主張しても無駄なのか、という話になる。だいたい無駄だと思っていてまちがいない。ただ、相手から直接尋ねられた場合は、希望を口にしても良いだろう。そうでないなら、黙っていた方が賢明だ。誰にとって、何が利益となるかは、外部からでも見えやすいので、積極的に言葉で表現しなくても理解できる、ということなのである。

さて、自分の未来について検討し、計画を立てる場合にも、期待や願望は不必要である。そもそも、目的が期待や願望でできている。その目的に沿って計画するのだし、自分で考えているのだから、自分のためになるものを目指しているのは当たり前だ。夢の世界を思い描くのは後回しにして、実際の条件を把握し、どんな障害があるかを検討し、少しでも確実に、成功確率の高い道を選択することが第一である。つまり、大事なことは目標に達することであって、途中の道が自分にとって好きか嫌いか、あるいは、途中の道が他者から見てどうなのか、などは関係がない。そういう意味で、自分の感情をひとまず忘れた方が、問題が単純化し、計画が立てやすい。

喩えるなら、勉強しなければならず参考書を選ぶときに、表紙のデザインが良いとか、好きな色だとかが無関係なのと同じだ。それくらい馬鹿でもわかる、とおっしゃるかもしれないが、ビジネスで仕事を誰に任せるのか、というときに、その人物を個人的に好きか嫌いかが判断に影響するようでは、この喩えと同じといえる。

やる気はあってもなくても良い

自分の好きなものでないと、やる気が出ない、とおっしゃる方もいるかもしれない。この「やる気」なるものが、既に感情による幻想ではないだろうか。僕は、いろいろな仕事をこれまでにこなしてきた。自分でも計画を立て、それに従って、こつこつと進めることにしている。しかし、「やる気」があるのかないのか、気にしたことがない。

たしかに、躰が軽く、気分が良いときはある。また、疲れが溜まっているのか、腰が重いときもある。そのいずれも、仕事に取りかかれば同じだ。ほとんど同じ時間でやりとげ、終わったときの気分にもさほど変わりはない。

作業を他者に割り振るような仕事もしたことが何度かあるが、やる気のある人間に期待して、やる気のない人間には少なめに割り振るだろうか。それとも、最初に説教でもして、やる気を出させた方が効率が上がるのだろうか。それよりも有効なのは、賃金なり報酬を上げることだろう。それで簡単にモチベーションが上がる。やる気というのは、これのことだろうか。そうだとしたら、簡単にコントロールできる。

そもそも、「悲観」する人間なので、自分がどれくらいの仕事量をこなすか、少なめに見積もっている。だから、計画を進めるのは楽だ。やる気がなくてもできる計画にしている。その点では、自分に対して期待をしない。それでずっとやってきた。

今は、作家の仕事を一日に一時間程度しているだけだが、やる気なんか出たことは一度もない。デビュー以来ずっと嫌々書いている。もともと、小説家になりたいと思ったことはないし、小説を書く仕事が楽しいなんてまったく感じていない。

僕の作品を読んだ人は、「作者は楽しんで書いている」とか「自分の願望を込めた作品だ」などとおっしゃるのだが、「え、書くことが楽しい？」「作品に願望を込めたら、なにか良いことがあるの？」とききたくなる。

好き嫌いは当てにならない

僕が見るかぎり、「仕事が好きだ」「情熱をもって取り組んでいる」と言う人ほど、全然仕事をしない。なにか気に入らないことがあるのだろうか。仕事が好きだから、少しでも嫌いな要素が見つかると、途端にやりたくなくなるのかもしれない。情熱なんてものも冷めてしまうから、そうなったときにスランプになるのだろう。

真面目にこつこつと仕事を進める人は、ただ黙々と焦らず作業を続ける。長く休まないし、人に仕事のことを話したりしない。機械に向かって加工をしている人や、工芸品などを手作りしている人がだいたいそうだ。職人と呼ばれるような職種の人たちである。おそらく、「仕事が楽しい」と口にする必要がないからだろう。楽しいかどうかなど、仕事には無関係なのだ。

自分のした仕事を褒められるのも、大して嬉しいとは感じないらしい。これは、大工さんから聞いた話だ。お客さんから褒められると、愛想良く返事をしておくが、素人に仕事の善し悪し(よしあし)がわかるはずがない、と考えているそうだ。大工というのは、親方（工務店の社長さんなど）から依頼されて仕事をしている。賃金をもらうのも親方からである。つまり、お客さんである施主(せしゅ)（家を建てる人）は、直接の客ではない。これは、工芸品を作る職人の場合も同様で、彼らが作ったものを買うのは、消費者ではなく、問屋あるいは専門店だ。だから、そういった玄人(くろうと)から褒められれば嬉しい。それに、褒められるとは、賃金が上がる、高く売れる、ということに直結する。これが道理である。

感情を利用して仕事の効率を上げることは、一時的にはできても、維持することが難しい、ということをプロは知っている。それは、人間の感情がころころと変わりやすいからであり、そういったものを仕事に持ち込むことは、トータルではマイナスになるとの考え方である。

子供には、勉強に対して「やる気」を出すように指導しているが、やる気を出すことは、勉強をすること以上に難しい。やる気を出すよりも、勉強をした方が簡単だ。大人は、そんな無理強いをしていることに気づいているだろうか。

感情を装うことは簡単だ

ここまで述べてきたように、期待や感情というものは、ほとんど意味がない。だが、特に強く否定するつもりもない。普段は、そういったものがあるのが自然だ。ただ、あっても良いし、なくても良いものだ、と思っていた方が賢明である。そして、理性による判断には、ときとして感情が障害になる。したがって、大事な判断をする場合には、感情を排除した方が良い。

感情がないと、なんとなく人間として冷たい感じになって、印象が良くない、と考える人が多いかもしれない。しかし、たとえばドラマや舞台の役者を思い浮かべてほしい。彼らは、普通の人以上に人間味豊かだ。感情表現が激しい。それは、感情をわかりやすく表現するのが、役者の仕事だからだ。

役者だけでなく、ごく普通の人でも、感情のかなりの部分は演じている。役者のように装うことも技術的には難しくない。我々が「人間味」と呼んでいるものは、その程度の「外見」なのである。もちろん、ロボットもＡＩも簡単に感情を実装することができるだろう。全然難しいことではない。役者がやっているとおり、心が通っているように見せかけることは可能だ。ただ、そんなことをする「意味」がないだけの話である。

同様に、人間であっても、無理に感情を重んじる必要はない。感情に囚われることは意味がない、と判断しても良いだろう。何故なら、「意味」とは、他者に対する働きかけを伴うものであり、そこで有効なのは、あくまでも理性的な意見と判断だからである。

第7章 悲観できなくなるまで準備する

心配するだけ損？

「悲観」の大切さを述べてきたが、最後にもう一度、その確認と注意点について、具体例を挙げながら述べようと思う。

「悲観」ができない人は、たぶんいないと思う。「心配」とほぼ同じものだと思えば、簡単だろう。心配は誰でもしている。ただ、「心配してもしかたがない」と途中で考えを遮断してしまう癖がついているかもしれない。こうなると、最初の「不安」な気持ちだけを心に留めて、具体的にどのような危険があるか、どれくらいの確率で起こりそうか、そして最も重要な、どうすればそれが回避できるか、というところまで考えないまま過ごしてしまう。

案外、考えなくても上手く事が運び、「心配したけれど、なにごともなくて良かった」となるのだが、この場合、実はろくに心配していない状態だったといえる。心配をしようとしただけ、といっても良い。幸運にも、悪い事態にならなかったので、トラブルを免れたわけだが、このやり方では、いずれ失敗する。

上手くいかない場合には、「心配が的中した」と顔を顰めることになるが、この場合も、嫌な予感が脳裏を掠めただけで、なにも考えていなかったのだから、「的中」しても嬉しくないし、お手上げであることに変わりはない。

重要性をまず把握する

まず、未来の事象の大切さをしっかりと把握していることが重要だ。つまり、失敗しても大したダメージのない事象なのか、絶対に失敗が許されない事象なのか、という見極めである。この評価が基本だ。ここで、希望的なものが入ると、判断を誤る。どこかのスポーツの試合のように、毎回「絶対に負けられない」条件になってしまっては、疲れるだけだ。現実というのは、もう少しメリハリがあり、自分に関することであれば、その重要さはだいたいわかっているはずだ。

重要かどうかがわからない場合もある。たとえば、仕事関係で、あなたが新入社員であれば、課題の重要さは把握しにくい。ミスがあったときに、謝って済む問題かどうか、相手との関係はどの程度か、など諸条件を知らないから当然である。

そういった未知の事象に対しては、わからなければ重要なものとして扱うしかない。これが安全側である。したがって、情報が足りないほど、心配が大きくなり、「悲観」に要するエネルギィも大きくなる。このプレッシャから早く逃れたかったら、できるかぎり情報を集め、精確な条件を把握することである。会社だったら、上司や先輩に気兼ねせず尋ねるのが良い。ただ、なかなか本当のところは教えてもらえない。人によって評価がまちまちであることも多く、可能ならば、複数の人から情報を得るようにする。「悲観」をしつつ準備をすることになるのが普通だ。準備をしないで、ぶっつけ本番で臨めるような事象は、ほとんどないと思った方が良い。

宿題は恵みと考えよう

準備にもいろいろあるけれど、まずは「準備しておけ」と指示されるものがあるはずだ。いわゆる「宿題」である。これは、非常にありがたい。宿題があることが、最高の好条件だと解釈すべきだ。「やるべきこと」が教えてもらえるのは、周囲があなたにサービスしているからである。新人だから、与えてもらえる。とりあえず、それをやれば良いので、非常に楽で簡単。考えなくても良い（宿題の中で考える問題があるが、これはまた別である）。

その「宿題」も、しだいに抽象的になっていく。最初のうちは、「これを検討してこい」だったものが、「何を検討しなければならないか、考えてこい」となる。問題を解くのではなく、問題を見つける宿題にシフトするはずである。仕事に慣れるほど、また昇格し、偉くなるほど、そういう対象が仕事になるからだ。

大事なことは、宿題をこなすだけでは、全然「悲観」にならないという点である。「悲観」は、与えられた問題ではなく、新たな問題を自分で見つけることだ。そのために、「悲観」があるといっても良い。

したがって、通常の「準備」を超えて、とにかくあらゆる備えを考える。

可能性を考える訓練

簡単な例題として、屋外でなにかの作業をすることを想像してみよう。その作業は、いつもあなたがしているもので良い。普段は家の中でしている。それを、明日は外のどこか知らないところですることになった。いつも使っている道具を、バッグや箱に入れて持っていく。何を持っていけば良いだろうか。

こういったことを考えるときには、必ず悲観的な選択をするのが基本である。使わないかもしれないものも、持っていくことになる。ないと困るからだ。また、その作業で、突発的に発生するトラブルも想定しなければならない。持っていった道具が壊れて使えなくなるかもしれない。では、二つずつ持っていくのか。それでは、運ぶのが大変になる。

場所がどこなのかがわからない場合、明るいところなのか、電気が使えるのか、寒くないか、暑くないか、雨が降ったらどうしよう、そういったことまで考える必要がある。また、道具によっては、充電が必要だったり、電池が必要なものがあるだろう。道具の不具合を直すための道具も必要になる。

さらに、なにかあったときに、応急処置ができるものを用意しておくことも考えよう。たとえば、僕が外で工作や修理をするときには、使う可能性が考えられなくても、ビニルテープ、カッタナイフ、少々の針金、巻き尺、マジックペンなどは必ず持っていくことにしている。予期せぬ事態に、それらが応急処置で使われたことが多かったからだ。海外旅行に持っていくもので、小さな裁縫セットがある。ボタンが取れたときなどに修繕ができる。ちょっとした怪我の治療ができる救急セットもある。このようなセットが売られているのは、需要があるからだが、逆に、何が必要なのかを考えられない人が多いためだろう。

僕の息子の話をしよう。誰に似たのか知らないが、かなりの心配性で、荷物が多い。とにかく、いろいろなものを日常的に持ち歩いている。重いだろう、と僕は思うのだが、重さは気にならないらしい。たとえば、リュックにはいつも辞書が入っていた。最近は、電子辞書があるから、もう重くないが、そうなるまえの話である。

どこまで想定するのか？

そういう僕は、新婚旅行のときに、抱えるくらいのサイズのぬいぐるみを持っていった。新婚旅行は、東京まで自動車を運転し、ホテルに二泊するだけのものだったのだが、どうしてぬいぐるみをわざわざ持っていったのかというと、そのぬいぐるみが大事だったからだ。大事だから持っていったけれど、車のトランクに入れたままだった。新婚旅行は結婚後に行ったのだが、隣とつながっている長屋で新婚生活を始めたところだった。平屋の木造だ。自分の家は大丈夫でも、隣から火が出れば燃え移る。つまり、留守の間に火事があった場合に備えて、そのぬいぐるみを持ち出したのである。ほかのものは、金で解決できるが、そのぬいぐるみは二度と買えないものだった。あれから四十年近く経過しているが、そのぬいぐるみは、今も書斎のすぐ隣にいる。

普通の人はそこまで考えないかもしれない。考えないと、まさかの事態に、思いもしない災難に遭遇するだろう。何故なら、思いもしないからだ。考えて備えていれば防げるものは数多い。

あまりに沢山のものを持っていくと、荷物が重くなってしまうように、対策が重なることでデメリットも生じる。たとえば、時間的、経済的に無駄が増えること。備えれば備えるほど、無駄になるものも増える。万が一のために用意するのだから、それが使われる可能性は低い。しかし、万が一のことを考えるのは、特にデメリットはない。考える時間が消費されるが、これは無駄にはならない。そういった想定をしておくことで、心の準備ができる。

したがって、考え抜いたうえで、実際の対応を選ぶのが良いだろう。すべてに対処するのではなく、考えるだけで対処をしない、という選択もある。

さきほどの、道具を持っていく例題でいえば、どうしても必要になったら、取りに帰れば良い、現場の近くで道具を買えば良い、などの対応もある。取りに帰ることのできる距離ならば可能だし、また近くに買える店があるような現場かどうかが条件となるから、そういった調査をしておくことで解決する。考えておくだけで、道具を持っていかないという選択が可能かもしれない。このあたりは、ケースバイケースだ。

登山やキャンプが趣味の人は、荷物に対してシビアに考える。容器やフォークなどの重さを量るそうだ。少しでも荷物を軽くしたい、ということらしい。また、故障の少ない道具、頑丈なもの、取り替えが利くものを選ぶらしい。

ポルシェとラジコンの安全設計

二十年くらいまえに、僕はポルシェ911を購入した。子供の頃からの憧れの車だった。ポルシェはル・マン二十四時間耐久レースで圧倒的に強い。部品の一つ一つに信頼性の高いものが使われている。たしかに大きな故障は一度もなく、クーラか、自動で迫り出すリアウィングくらいしか故障しなかった。

あるとき、高速道路を走っているときに、運転席側のウィンドウのスイッチが故障した。ウィンドウが動かせなくなった。サービスエリアに入り、故障を直すため、工具でこのスイッチを外したところ、ネジもなく、ドライバを差し入れるだけで、すっぽり外れたのだ。プラスティック製のスイッチレバーが折れていて、その場での修理は無理だとわかった。

そこで、助手席側のスイッチを取り外してみたら、まったく同じユニットだった。試しに運転席側に塡めてみたら、ウィンドウを動かすことができた。つまり、両方で使えるユニットになっていたのだ。スイッチが壊れる点は品質に疑問を感じたが、構造的な設計思想は素晴らしいと感心した。いざというときに流用できるようになっているからだ。事実上、これでその後のドライブには支障がなかったのである。

また、若い頃からラジコン飛行機を作って飛ばしているので、ここでも「悲観」がいかに大切かを学ぶことができた。飛行機というのは、自動車のように停まることができない。トラブルがあったときに、緊急停止ができない唯一の乗り物といえる。

小型のエンジンが動力で、飛ばすときは、人間が手でプロペラを回して始動する。空中でエンジンが止まったら、再び回すことはできない。そうなったら、滑空するしかない。もちろん、エンジンが停止しても、無線で舵のコントロールはできるので、ほとんどの場合は、滑走路へ降りてくることが可能だ。ただし、一発勝負である。再び高度を上げてやり直すことはできない。

最も致命的なトラブルは、無線の混信などによるノーコン（操縦不能）である。当時の無線機は今ほど信頼性が高くなかった。わりと頻繁にそういったトラブルが起きた。ノーコンは、もうどうすることもできず、どこに墜ちるかもわからない。飛行機は粉々に壊れるし、先頭にある重量物のエンジンが割れることもある。製作するのに何カ月もかかった飛行機は、これでお終い。たいていは、その場で燃やして供養をすることになる。それでも、川などに墜ちて回収できないよりはましだ（ラジコンの飛行場は、川原にあることが多い）。一部の高価な部品が再利用できるので、まったくのゼロになるよりはありがたい。機体が回収できないことが一番ダメージが大きい。

だが、それも最悪の事態ではない。恐いのは、ノーコンになった飛行機が遠くまで飛んでいき、人や家や交通機関などに被害を及ぼす事態である。ノーコンで長距離を飛ぶことはまずありえない。また、無線機には、電波が受信できなくなったときに、エンジンを絞る（回転を下げる）安全装置が組み込まれている。それでも、人に直撃したら死亡事故になる場合もある。

したがって、こんなケースでも危険がないように、近くに人家や道路や鉄道がある場所では、基本的に飛ばしてはいけない。また、ラジコンの保険に加入して、それらの被害に備えることが義務づけられている。保険は対物のみであり、自分の飛行機の修理代は当然出ない。

対処は常に柔軟に

悲観によって想定される危険を避ける方法は一つではない。完全に危険を回避するものから、部分的な防止、最小限に抑制するもの、その結果の処理を行うものなど、リカバーはさまざまである。対処方法に拘る必要はない。目的は、自身の利益と安全である。対処方法が成功することではない。

さらに、対処は一度して、それでもう大丈夫というものでもない。時間が経ち、あらゆるものが変化する。状況が変わってくる。また、その対処が必要な事態になり、対処をしている途中でも、別の方法が良いと思い直すこともある。このあたりは、柔軟に考えた方が良い。

人間というのは、とにかく拘りやすい動物である。なにか気に入ったことが一度あると、それに拘る。自分の方法はこれだ、と決めてかかる。上手くいった体験があると、その手法を絶対視する。「拘る」を近頃は良い意味で使っているが、この言葉はもともと「取り憑かれる」くらいの意味で、悪い状況を示す表現だった。

拘るのは、人間の頭の欠点といえる。人は失敗から学ぶことが多いが、成功からも学ばなければならない。大きな成功を目指すとき、最大の障害は小さな成功である。上手くいったからといって、妄信しない。たまたまだったかもしれないし、そのやり方が最上だという保証もない。成功は嬉しいことだが、自身の喜びに対しても冷静でなければならない。

臆病のメリット

だが、冷静といっても、あまりにどっしりと構えていては、それは「鈍い」ことと同じだ。敏感でなければ、危機における対処が遅れるので、危険側である。

「臆病」という言葉がある。これは良い意味には普通は使われない。臆病者と言われて喜ぶ人はいないだろう。褒め称えられるのは勇者であり、勇敢な態度や行動である。だが、「臆病」には危険を避ける能力として、捨てがたい敏感性がある。これは、臆病の中にある「悲観」に基づいている。

人間は、基本的に臆病な動物だ。危ないところへ出ていかない。安全な場所を探して隠れることが得意のはず。明らかに力負けするような野生動物たちから逃れ、生き延びたのは、臆病だったおかげである。

炭坑やトンネル工事現場には、古来女人禁制という仕来り（しきたり）がある。どうしてこういった決まりができたのかを専門家にきいたら、男性は本能的に臆病で、ちょっとした兆候でびくびくする。女性は比較的安定した精神を持っている。こういったことが、突発的な事故のときに逃げることができるか、逃げ遅れるかの差になったからだ、と話していた。女性は、男性よりも勇敢だから、より危険だ、という判断らしい。もちろん、これを示す科学的根拠や史実はおそらくないだろう。最近では、トンネル工事の現場にも、女性が入ることがあると聞いている。

僕は、大学の建築学科の教官だったとき、授業で構造実験の実習を担当していた。重量物を取り扱い、大きな力を加えて、構造物が破壊する様子を見せ、その状況を学生たちに測定させたりしていた。ヘルメットを被って行うような作業である。万が一にも学生に怪我があってはならない。細心の注意を払って準備をし、スタッフともよく話し合い、どんな危険が考えられるか、ということをいつも考えていた。幸い、二十年以上担当し、学生が怪我をした事例は一度もない。

最初に学生たちに話すのは、危険があること、怪我をする可能性があること、などの具体例だが、心構えとしては、「恐々やりなさい」と教えた。恐がって緊張することが大切で、安全なんだからと安心して臨まないように、ということ。これなどは、「楽観

する な、悲観しろ」という方針そのものである。

おそらく、自動車の運転などでも同様で、「運転が恐い」と感じているうちは、大きな事故は起きにくい。恐いという意識が、「悲観」を忘れさせないからだ。逆に言うと、それくらいの頻度で心配する必要がある。人間の意識は、一時に一つの対象にしか集中できない。なにかに集中すれば、ほかのものを忘れてしまう。目は一所を見ることしかできず、目を逸らせば、すぐ近くにあっても見えない。また、目を開けていても、気になることを考えだすと、目の前にあるものを見ていない状態になる。

恐々の精神を忘れない

このような人間の特性を理解して、「悲観」を頻繁に発動する必要がある。これは、言われてすぐにできるものではない。自分の躰に染み込ませ、癖のような状態にならないと、危険を察知するセンサはいつでも止まりたがるだろう。「恐い」という意識には、常にセンサのスイッチを入れ直す効果がある。

なにごとに対しても懐疑的である人は、この「恐々」の精神を持っている。新しい対象に出会うと、それを好意的に受け入れない。なにか危険がある、なにか欠点がある、そんなに上手くいくはずがない、と疑う。充分に吟味してからでないと近づかない。このような基本的方針が、「悲観」には重要である。

悲観とは防御である

ただ、それを周囲に大袈裟に訴えると、感情的な嫌悪と勘違いされるので、注意が必要である。特に、楽観的な人間が周囲に多いと、「最初からそんなに嫌わなくても」と違和感を持たれることになる。

楽観的な人は、なにに対しても好意的に受け入れる手法が最善だと考えている。好意的に受け入れた方が、早く打ち解け、早く慣れることができ、それが効率的だ、と感じているのである。そして、実際にそうではなく、手痛い目に遭うことになったら、そのときになって初めて拒否すれば良い、という方針だ。

悲観的な人は、まさにその手痛い目を恐れている。そうならないように防御をしようとする。早く打ち解け、早く慣れることに、それほどの価値を見出していない、という場合もあるだろう。

このように比較すると、「楽観」は攻撃的であり、「悲観」は防御的といえるかもしれない。「楽観」は、成功する方法を採用し、「悲観」は、失敗しない方法を選択する。いずれも、自分にとって良い結果を求めていることでは共通しているが、アプローチが違っている。

「楽観」も「悲観」も、どちらも必要である。というよりも、必ずどちらもしているはずだ。放っておくと、どちらかに偏るから、ときどき意識して軌道修正し、バランスを確認すると良い。いずれが重要かといえば、「悲観」である。その理由は、安全側だからだ。迷うようなときは、「悲観」側の予測を採用する。そのちょっとした操作で、未来はより安全で、明るくなる。

悲観の練習をする

具体的に考えられない人には、考えながらメモを取ることをおすすめする。僕自身は、メモを取らない人間なので、これは僕の手法ではない。ただ、周囲の人たちがそうしているから、効果があると理解している。

これから行われる大事なことについて、どんなアクシデントが起こりうるか、ということを考えて、リストアップしていく。一つか二つしか思いつかない、といったことはありえない。いくらでも思いつけるはずだ。二十項目くらい考えたところで、今度は、そのそれぞれについて、簡単な対策を書く。そのアクシデントを防ぐ方法と、そのアクシデントが起きてしまったときの対処を書く。

一つのアクシデントについて、複数の防止策と対処法が考えられるはずだ。次に、そのそれぞれについて、さらにアクシデントが起きないかを考える。その防止策ではどんな不都合が起こるか、その対処法では、なにがどう不足しているか。どんな条件で、効果が上がらないか。

こうして考えていくと、二十の項目にそれぞれ四つくらい防止策と対処法が書けて、そのそれぞれに、幾つかまたトラブルが起こりうることがわかってくる。

考えているうちに、どんどん思いつくようになる。考えないと、思いつかない。漠然と「えっと、何だろう、何が起こるだろう」と呟(つぶや)いているだけでは、発想は湧いてこない。

考えることに慣れていない人は、そもそも抽象的な思考ができない。そういう人は、できるだけ具体的に考え、そこから、全体的に傾向をまとめていくと良いだろう。

枝分かれした項目は、あっという間に百くらいになる。そこで、次は関係のあるもの、似ているものに印をつける。これとこれは同じ系列だとか、これが起こればこちらも起こりそうだ、という関連が見えてくる。

さらに、アクシデントの恐さをランク付けする。起こると大変なことになるものから、それほどでもない、深刻な事態にはならないだろうというものまであるはずだ。

ランクの高いものについては、その系列で、再度考えてみる。もっと防止策、対処法を考えたり、それぞれの問題点などを挙げていく。

こういったリストを作るだけで、かなり「考える」ことができたはずだ。あるときは、このリストを作る途中で、なにかを調べたり、測定したり、数えたりする必要にも迫られる。また、やり忘れていたことに気づいたり、準備不足という箇所が明らかになったりすることもある。

「悲観」は、心配するだけではない。対策を考えてこそ、機能する。心配で眠れないという人には、是非、こういったリストを作って、真正面から「悲観」することをおすすめする。そして、充分に考えれば、つぎつぎに対処法を思いつける。そうなれば、あとはそれを実行するだけ。ぐっすり眠れるようになるだろう。

やれることはやった、という自信

どこまで「悲観」すれば良いのか。それは、「悲観」しなくても良くなるまで考え、対策を立て、準備ができるまで、である。

人ができることには限界がある。時間も資金も労力も無限ではない。どこまで考え、どこまで準備をしても、百パーセント確実ということはない。トラブルが起こる可能性をゼロにはできない。

しかし、やれるところまでやったあとは、もう運を天に任せるしかないだろう。この境地に達すれば、万が一上手くいかなかったときにも、自分を責める必要はないし、後悔することもないはずだ。

「自信」というものは、このようにして生まれる。

絶対に失敗しないと言いきれることが、自信ではない。

やれることは全部やったと言いきれることが、自信である。

それは、他者に主張するようなものではない。自分自身に対して、「自分はこれで精一杯だ」と宣言すること。これが素直に言いきれることが非常に大切だと思う。「己を知る」も、ほぼこの意味である。

したがって、自信を持つことは、自分には届かないものを明らかにするし、プライドを持つことは、すなわち謙虚になることでもある。自信を持てば、相対的に他者の価値を認め、他者の存在を尊重することにつながるだろう。自分に自信のある人ほど、他者に優しくなるのはこのためだ。

「悲観」を向ける第一の対象は、自分だということである。

しかし、自分を卑下(ひげ)することではない。

自信をもって自分を悲観することが、翻(ひるがえ)って、自分の可能性を広げるし、いつでも、いくつになっても、成長する原動力となりうる。

自分を悲観する者だけが、自分を信じることができるだろう。

あとがき

悲観して書けなかった

「悲観力」に関する本を書こうと考えたのは、十年ほどまえのことだった。新書で「〜力」が流行りだしたからだ。おそらく、「楽観力」のような本はすぐに出てくるだろうが、さすがに「悲観力」はないだろう、と予想した。だが、きっと誰にもわかってもらえないだろうから、本も売れるはずがない、と悲観して、ずるずると書かずにこれまできてしまった。

その後も、新書を何冊か書いた。根が天の邪鬼(あまのじゃく)だからなのか、思うところを素直に書くと、普通とは反対方向のものになってしまう。たとえば、仕事にやり甲斐なんか必要ないとか、集中力なんかいらないんじゃないかとかである。こういった方向性はマイナだから、編集者はなんとか修正しようとする。そこを押し通して出版してきた。理解者は少数かもしれないが、必ずこういうものを読みたい人たちがいるはずだ、との観測からだった。

蓋を開けてみると、意外に好評で部数が伸びている。綺麗事ばかりの常套句で溢れ返っている現代だからこそ、僕のような身も蓋もない正直なもの言いが、逆に受け入れられるのだろうか。あるいは、単に物珍しいからだろうか。

いずれにしても、そろそろ書いても良い時期かな、と判断して、本書を執筆した。悲観的に考えるのは、本書の中でも述べたとおり、父の影響が大きいと思う。

いろいろな場面で、その恩恵を感じることができた。僕から見ると、世間の多くの人は、あまりに楽観的なのだ。少しくらい悲観したら、もっと安全なのに、と傍から見ていて感じることがしばしばある。

椅子を買って小説家になった

僕が結婚した相手は、もの凄く楽観的な人だった。というよりも、他者の考え方は、相当親しい間柄にならないかぎりわからない。だから、彼女が初めて深く観察できた他者だった。ずいぶん自分と違うな、という驚きがまずあった。僕が心配なことを話せば、「そんな心配しなくても」と笑われる。だが、十回に一回くらいは、僕の心配が的中し、対策を立てておいたことが功を奏する結果となった。彼女は、僕の悲観の効用を、素直に認めてくれた。特に、子供たちが小学生のときに、僕が小説を書いて、経済的に劇的な変化があったことが、彼女には予想もしない驚きだったのだ。僕は、最初からバイトのために書く、と彼女に説明した。子供たちもこれから金がかかるし、当時の僕は安月給だったからだ。

ところが、小説を書くまえに、僕は六万円もする椅子を購入した。自宅のデスクで仕事をするから、座り心地の良い椅子が必要だろうと考えたのだ。これに対しては、さすがに彼女は反対した。お金に困っているときに、そんな出費をするなんて信じられない、というまっとうな意見である。だが、その半年後に、僕は小説家としてデビューし、椅子の代金は、何百倍にもなって返ってきたのである。

勤め先でしか仕事をしていなかったから、家で使っていた椅子は安物で、長く座っているとお尻が痛くなった。小説を書くとなると、毎日数時間はそこに座らなければならない。小説を書いたらお尻が痛くなるだろう、というのが僕の「悲観」である。そのために、少々の出費が必要だった。

もうこれくらいで良いだろう

小説家になろうとしている人は、小説家になったときの夢を見ている。僕にはそういった夢はまったくなかった。僕は小説家になりたいと思ったことが、子供の頃から一度もなかったのだ。もちろん、小説を書いたのは、そのときが初めてだった。初めての作品を出版社に送ったのだ。

その後、出版社の反応を待たず、続けて作品を書いたから、デビューが決まる頃には長編五作が完成していた。一冊当てるよりも、多数書く方が、これからの小説ビジネスには適していると判断していたからだ。デビューすることが目的ではなく、小説でビジネスを広げていくことが、僕の目的だったのだ。人気者や有名人になりたかったのではない。

そのデビューから既に二十二年が過ぎている。人生は一変した。やりたかったことがすべてできるようになり、今もそれらを楽しんでいる。

小説以外の本を書くようになったのは最近のことだ。以前は、小説家がエッセィなど書いても売れない、というのが出版界の常識だった。売れなくても良いから、と書き続けていたら、最近はそこそこ売れるようになってきた。新書も、本書で十七冊めになる。案外売れるということがわかったのか、執筆依頼がつぎつぎと舞い込むようになったけれど、天の邪鬼の僕は、もうこれくらいで良いかな、と思っているこの頃である。

これは主張ではない

僕の新書で一貫しているのは、「僕はこうだ」という内容である。「みんなもこうしなさい」と主張するつもりは毛頭ない。また、「問題を解決する方法はこれだ」という具体的ノウハウも書いたことはない。そんなものはない、と考えているからだ。

人によって条件も状況もそれぞれ異なるのだから、自分に合いそうな方法を自分で見つけてもらうしかない。上手くいっても、上手くいかなくても、僕には影響がない。損をするのも、得をするのも僕ではなく、あなたである。

方法を見つけるためには、いろいろな方法が存在することを知らなければならない。手っ取り早い方法は、本を読むことだろう。

なにか調査をして、データに基づいた論述をするものから、本書のように単なる個人の理屈を述べたものまで、本の内容は幅広い。自分に合いそうなものを見つけてほしい。統計や調査に基づいて、大勢に当てはまる内容であっても、あなたに当てはまるかどうかはわからない。それを判別できるのも、あなたしかいないのだ。

こういった僕のスタンスも、悲観に起因している。「説明すれば、僕の気持ちをみんながわかってくれるはずだ」という楽観が僕にはない。気持ちなんてものは、いくら言葉を尽くしても理解してもらえるものではない。ただ、書かないよりは、書いた方が少しだけ伝わる可能性がある、というだけである。文章を書く理由は、この僅かな期待のためだ。期待はゼロではない。

悲観と楽観の間で

僕は、一年ほどまえに救急車で運ばれて、入院した。てっきり脳梗塞だろうと思ったが、調べてみたら違っていた。単なる目眩だったのだろうか。原因は不明だ。とにかく、いつ死んでもおかしくない状態であることにはちがいない。人間は誰でも、生まれたときから、いつ死んでもおかしくない状態のままだ。それは、ときどき思い出してほしい。

それなのに、仔犬を飼い始めた。犬の寿命は十五年ほどだから、僕の方がたぶんさきに死ぬことになるだろう。無責任かもしれないが、僕より健康な家族がほかにいるので、犬が困るということはないはず。

明日にも死ぬかもしれないという悲観と、まだしばらくは大丈夫だろうという楽観の間で、人は揺れ動く。生きるとは、考えるとは、つまりはこの揺らぎのことである。

二〇一八年四月　森博嗣

著者略歴

森 博嗣
もりひろし

一九五七年、愛知県生まれ。
作家、工学博士。
国立N大学工学部建築学科で研究をする傍ら九六年に
『すべてがFになる』で第一回メフィスト賞を受賞し、作家デビュー。
以後、次々と作品を発表し、人気作家として不動の地位を築く。
新書判エッセイに『自分探しと楽しさについて』
『小説家という職業』『創るセンス 工作の思考』
『自由をつくる 自在に生きる』(すべて集英社新書)、『大学の話をしましょうか』
『ミニチュア庭園鉄道』(ともに中公新書ラクレ)、
『科学的とはどういう意味か』『孤独の価値』『作家の収支』
『ジャイロモノレール』(すべて幻冬舎新書)等がある。

幻冬舎新書 538

GENTOSHA

悲観する力

二〇一九年一月三十日 第一刷発行

著者 森 博嗣
発行人 見城 徹
編集人 志儀保博

発行所 株式会社 幻冬舎
〒一五一―〇〇五一 東京都渋谷区千駄ヶ谷四―九―七
電話 〇三―五四一一―六二一一(編集)
〇三―五四一一―六二二二(営業)
振替 〇〇一二〇―八―七六七六四三
ブックデザイン 鈴木成一デザイン室
印刷・製本所 株式会社 光邦

Printed in Japan ISBN978-4-344-98539-1 C0295
も-7-5
幻冬舎ホームページアドレス http://www.gentosha.co.jp/
*この本に関するご意見・ご感想をメールでお寄せいただく場合は、comment@gentosha.co.jp まで。